Bibliografische Information der Deutschen Nationalbibliothek:
Die Deutsche Nationalbibliothek verzeichnet diese Publikation in
der Deutschen Nationalbibliografie; detaillierte bibliografische
Daten sind im Internet über http://dnb.dnb.de abrufbar.

Korrektorat: Gerda Hubl und Martin Salomon

Verlag: BoD · Books on Demand GmbH, In de Tarpen 42, 22848
Norderstedt
Druck: Libri Plureos GmbH, Friedensallee 273, 22763 Hamburg

ISBN: 978-3-7597-8373-8

Zukunftsperspektiven und Grenzbereiche im Schatten der Macht

Politische Entwicklungen - Gewalt - Frustration

Intrigen und Machtspiele

Neugierig werden in der „Interkulturellen

Bildungsentwicklung"

Kapitel 1

10.12.2126:

Prof. Dr. Manfred Ostermann wird in 3 Tagen 72 Jahre alt. Er lebt mit seiner Familie etwas zurückgezogen in einem Vorort von Toronto. Er genießt seinen Ruhestand mit seiner Frau Sonja, seiner Tochter Rebecca, seinem Schwiegersohn Ralf und natürlich seinen Enkelkindern Sophie und Marc.

Manfred hat vor 8 Wochen mit seiner Autobiografie begonnen und erinnert sich nicht nur an seine komplexen Studien, sondern an die lebensbedrohlichen

Situationen – der Personenschutz gehörte lange Zeit zu seinem Alltag -. In seiner Autobiografie wird er nun auch einige Forschungsergebnisse in einer allgemeinen Form veröffentlichen, die er in den 2090iger Jahren zum Schutz seiner Familie und Freunde nicht veröffentlichen konnte.

Manfred geht nun in seinen schönen Garten, beobachtet seine Tochter und seine Enkelkinder. Sie spielen, lachen und sind wohl auch glücklich. Manfred öffnet seinen Computer und will an seiner Autobiografie weiterschreiben.

Er ist gedanklich in der Vergangenheit und erinnert sich:

„Die Neugierde ist die Energie des Wandels und die Wandlungsfähigkeit wird durch die Suche nach Zufriedenheit/ Glück situativ und nachhaltig gefestigt, damit könnte sich auch ein positiver Einfluss zum gemeinsamen Gestalten einer Gruppe entwickeln" (Hubl 2020).

„Die Kunst, die Musik und das kulturelle Leben mit Vielfalt können einen wichtigen Beitrag in der Weiterentwicklung des gesellschaftlichen Lebens in allen Gesellschaften (auch in fremden Kulturen) leisten" (Hubl 2021).

Bis 2135 sollte die Weltbevölkerung ein nachhaltiges Leben anstreben, aber auch weitere Grundlagen für ein friedvolles Überleben entwickelt haben.

Er erinnert sich an weltweite Konflikte:

11.Juni 2112 bis August 2113:

In diesem Zeitraum wurden 678 Anschläge - Bombenanschläge, Giftanschläge - in 76 Großstädten weltweit in Europa, Australien, Südamerika, Afrika, USA, Russland, Indien und China verübt. Insgesamt starben weltweit durch diese Anschläge über 235 Millionen Menschen. Allein in den EU-Mitgliedsstaaten starben 54 Millionen Menschen. In den USA beträgt die Anzahl der Toten etwa 43 Millionen Menschen. Sogar in China, das mittlerweile weltweit das beste Sicherheitssystem gegen terroristische Anschläge hat, sind 17 Millionen Menschen durch das terroristische Netzwerk gestorben. Die Weltgemeinschaft hat eine internationale Terrorabwehr ab 2113 bis 2115 aufgebaut und konnte dadurch die weltweiten Anschläge stark reduzieren. Dennoch hat die Weltgemeinschaft weitere große Probleme zu lösen.

Im Jahre 2084 betrug die Weltbevölkerung über 11,6 Milliarden. In den Jahren von 2085 bis 2126 hat sich die Weltbevölkerung um 2,4 Milliarden reduziert. Durch terroristische Anschläge sind 265 Millionen Menschen getötet worden. Weltweit ist die Selbstmordrate sehr stark angestiegen, und es haben seit 2075 bis 2126 überdurchschnittlich viele Menschen in den industriellen Ländern den Freitod gewählt. Die Depressionen sind weltweit gestiegen. Die Menschen fühlen sich einsam und allein, obwohl die Digitalisierung neue Möglichkeiten der Kommunikation in der Arbeitswelt und auch im Privatleben ermöglicht hat.

Manfred denkt nach und sucht nach möglichen Ursachen.

Die sozialen Netzwerke im Internet haben die Menschen nicht glücklicher gemacht. Es gibt eine Reizüberflutung im Bereich der Informationen. Viele Menschen sind überfordert mit der Informationsgeschwindigkeit. Die Notwendigkeit, wichtige Entscheidungen zu treffen, hat stark abgenommen. Die Sehnsucht nach persönlicher Kommunikation scheint reduziert zu sein. Der technische Fortschritt - durch die künstliche Intelligenz -, die modernen Kommunikationsmöglichkeiten stehen nun im Mittelpunkt in der gesellschaftlichen Entwicklung - nicht mehr der Mensch steht im Mittelpunkt des gesellschaftlichen Zusammenlebens, sondern die sozialen Netzwerke bestimmen das gesellschaftliche Leben -.

Die technische Kommunikation hat sehr hohe Prioritäten. Viele Menschen haben das gemeinsame

Sprechen ohne technische Hilfsmittel verlernt.

Das Weltklima wurde zum Glück im Jahre 2038 durch gemeinsame Anstrengungen der Weltgemeinschaft gerettet. Damals haben es die Menschen gemeinsam durch Solidarität, Respekt und durch intelligentes Handeln geschafft. Der Druck durch die jungen Menschen hat den Prozess der Veränderung beschleunigt. Alle Klimaaktivisten haben einen sehr großen Anteil an dem gemeinsamen Erfolg.

Nun bräuchten wir wiederum verstärkt mehr Menschen - Gesundheitsaktivisten, Kulturaktivisten -, die die Gesundheit und die menschliche Vielfalt mehr in den Mittelpunkt der „Interkulturellen Bildungsentwicklung" stellen.

Die Entwicklung der Vielfalt - Kulturen, Tiere, Pflanzen, usw. - könnte das menschliche Leben nachhaltig bereichern. Glückliche Menschen, die gebraucht werden, Menschen, die real miteinander reden und die nonverbale Kommunikation im Gespräch spüren. Diese Menschen sind möglicherweise nicht nur glücklicher, sondern spüren vielleicht wieder eine Sensibilität für den anderen Menschen. Die Empathie und die Sehnsucht nach Anerkennung können eine nachhaltige Energie ergeben, um die angestiegenen Depressionen wieder zu reduzieren.

Die Musik, die von „Music For Young" in den Jahren 2084 bis 2105 weltweit verbreitet wurde, könnte ein nachhaltiger Weg sein. Auch meine Forschungen waren möglicherweise auch für den Perspektivenwechsel erforderlich. Leider konnte ich nicht alle Forschungsergebnisse veröffentlichen, weil meine Familie und Freunde bedroht wurden.

Weitere Forschungen könnten einen wichtigen Beitrag im Bereich der „Interkulturellen Bildungsentwicklung" leisten.

Kapitel 2

13.12.2126:

Heute feiert Manfred Ostermann seinen Geburtstag mit seiner Familie, Freunden und einigen ehemaligen Arbeitskollegen und Arbeitskolleginnen. Zu seinem Freundeskreis gehören nicht nur Tom und Julia, sondern auch Dr. Smith - ehemaliger Staatssekretär im Außenministerium der USA - und Dr. Maiwald - ehemaliger Staatssekretär im Innenministerium der BRD , die ihm viele und notwendige Schutzmaßnahmen in der Vergangenheit ermöglichten.

Die kleine Geburtstagsfeier mit insgesamt 23 Personen findet im Wintergarten statt. Sonja hat für Manfred das Geburtstagsmenü – 5-Gänge-Menü - zusammengestellt und einen Lieferservice mit Bedienungspersonal mit der Durchführung beauftragt.

Die Geburtstagsgäste und Manfred sind mit dem Essen sehr zufrieden und bedanken sich bei Sonja für die

Menüplanung. Alles schmeckt sehr lecker und das Bedienungspersonal des Lieferservices ist sehr freundlich und aufmerksam.

Nach dem gemeinsamen Abendessen bilden sich sehr schnell kleinere Gesprächsgruppen: sie entwickeln miteinander gesellschaftliche Ratespiele und Manfred steht bei allen Spielen natürlich immer im Mittelpunkt. Alle ausgesuchten Spiele haben immer etwas mit Manfred zu tun. Die entwickelten Spiele beschreiben Manfred in unterschiedlichen Lebenssituationen - Familie, Hobbys, Erlebnisse mit Freunden, berufliche Entwicklung mit Forschungsaufgaben, usw. -. Nach ca. 4 Stunden – kurz vor Mitternacht - sind die unterschiedlichen Ratespiele zu Ende. Manfred bedankt sich für die ideenreichen Spiele bei seinen Gästen. Die Geburtstagsfeier ist noch nicht zu Ende, einige Gäste verabschieden sich von Manfred und Sonja, aber Tom, Julia, Dr. Maiwald, Dr. Smith, Ralf und Rebecca setzen sich mit Manfred und Sonja an den Kamin des Wohnzimmers, denn sie möchten noch den tollen Abend gemütlich ausklingen lassen.

Es ist schon sehr spät geworden, die Uhr zeigt 01.45 Uhr; es wird nun Zeit die gemütliche Runde allmählich aufzulösen. Tom, Julia, Ralf und Rebecca sind zwar die Jüngsten in der Runde, aber sie müssen bereits zwischen 8.00 bis 8.30 Uhr wieder aufstehen, denn sie haben noch ihre Kinder zu versorgen. Sie verabschieden sich und bedanken sich für die Einladung bei Manfred und Sonja. Dr. Smith und Dr. Maiwald trinken noch gemeinsam mit Manfred einen Whisky, Sonja verabschiedet sich bei den 3 Männern, geht zu Bett, denn sie ist sehr müde. Der Tag war sehr lang und auch die Vorbereitungen waren sehr umfangreich.

„Nun sind wir nur noch zu dritt", sagt Manfred zu seinen Gästen Dr. Mike Smith und Dr. Harald Maiwald.

„Wir kennen uns nun schon viele Jahre, deshalb möchte

ich Euch meine Entscheidung heute mitteilen. Ich werde nun im nächsten Jahr alle meine Forschungsergebnisse in allgemeiner Form veröffentlichen, die ich aus Gründen der Sicherheit für meine Familie und Freunde nicht publizieren wollte".

„Deine Entscheidung ist mutig, aber durchaus nachvollziehbar, denn das frühere Terroristennetzwerk wurde ja erfolgreich zerschlagen", sagt Mike.

„Ja, das ehemalige Netzwerk ist weltweit zerschlagen, aber durch die Digitalisierung gibt es neue Kommunikationswege, die auch von Gruppen mit Gewaltpotenzial genutzt werden, um ihre radikalen Gedanken schnell verbreiten zu können. Ich denke da an die rechtsextremistischen Gruppen, die nicht nur in Europa, sondern auch weltweit in vielen Ländern einen großen Zuspruch erhalten haben", sagt Harald.

„Ihr habt beide natürlich einen großen Überblick. Durch Eure beruflichen Aktivitäten seid Ihr über gefährliche Entwicklungen in den demokratischen Gesellschaften gut informiert. Gerade die Entwicklung - wie nationale radikale Gruppen -, aber auch im Bereich der schnellen Digitalisierung konnte ich bereits in meinen früheren Forschungsergebnissen tendenzielle Belastungen für das demokratische Zusammenleben erkennen. Nun kommen meines Erachtens noch neue Herausforderungen durch die „Künstliche Intelligenz (KI)" hinzu. Moderne Gesellschaften brauchen „KI", aber sie wird in der Anwendung in vielen Bereichen nicht kritisch genug hinterfragt", sagt Manfred.

Alle drei Männer sind sich einig darüber, dass alle technischen Hilfsmittel nur unterstützend in Prozessen sein dürfen. Der Mensch muss unbedingt immer die Steuerung im Handeln beibehalten.

Die Whiskygläser sind nun geleert. Mike und Harald bestellen sich ein Taxi. Sie verabschieden sich von Manfred, wünschen ihm viel Erfolg, Gesundheit und bedanken sich für die Einladung und für den Gedankenaustausch.

Kapitel 3

Das Taxi, ein dunkelblauer BMW, kommt nach 15 Minuten. Dr. Smith und Dr. Maiwald steigen in das Taxi ein und sie verlassen das Grundstück zügig.

„Fahren Sie bitte zum Flughafenhotel", sagt Dr. Smith zum Taxifahrer.

„In Ordnung, wir werden in 15 Minuten am Hotel sein", antwortet der Taxifahrer.

Um diese Uhrzeit ist kaum Verkehr und das Taxi fährt auf der Schnellstraße mit 80 km pro Stunde. Es ist genau die zulässige Höchstgeschwindigkeit. Dr. Smith und Dr. Maiwald sind müde und schließen ihre Augen.

Auf einmal ein lauter Knall, viele Funken fliegen, es wird warm und Harald sieht Feuer, Mike spürt die Dunkelheit....

Nach einigen Minuten trifft die Polizei zeitgleich mit der Feuerwehr und drei Rettungsfahrzeugen mit Notärzten ein. Das Taxi ist mit einem Wohnmobil zusammen gestoßen und wurde von der Straße geschleudert. Dabei hat es sich mehrmals überschlagen. Der Fahrer des Wohnmobils und der Taxifahrer sind eingeklemmt und noch am Unfallort verstorben. Beide Insassen im Taxi sind sehr schwer verletzt und werden mit einem Hubschrauber ins nächste Krankenhaus - Unfallklinik am Flughafen - geflogen.

Dr. Smith und Dr. Maiwald haben mehrere lebensbedrohliche Verletzungen und viel Blut verloren. Beide werden sofort operiert und nach der Operation kommen beide auf die Intensivstation. Ein künstliches Koma wurde vom Chefarzt eingeleitet.

Die Polizei untersucht den Unfall sehr gründlich. Die Spurensicherung ist sehr aufwendig, denn beide Fahrzeuge sind total ausgebrannt. Die Insassen im Taxi hatten sehr viel Glück im Unglück, denn sie wurden aus dem Taxi durch die Frontscheibe geschleudert.

Es wird ein Sonderkommando mit höchster Geheimstufe eingerichtet, denn die Spurensicherung hat eine Bombe unter dem Beifahrersitz und beim Taxifahrer einen elektronischen Sender mit einer Auslösefunktion zur Sprengung der Bombe entdeckt.

Kapitel 4

Manfred hat das Wohnzimmer etwas aufgeräumt und alle Gläser in die Geschirrspülmaschine eingeräumt. Er ist sehr müde und will nun zu Bett gehen.

Es klingelt an der Haustür. Manfred ist sehr verwundert, denn es ist 2.55 Uhr. Er geht zur Tür und öffnet sie. Zwei Männer und ein weiterer Mann mit einer Polizeiuniform stehen vor der Tür.

„Guten Morgen, Herr Prof. Ostermann, ich bin Herr Fischer und mein Kollege neben mir ist Herr Pohl, wir sind vom FBI und müssen mit Ihnen unbedingt sprechen, können wir bitte eintreten? Dr. Smith und Dr. Maiwald hatten einen sehr schweren Unfall mit dem Taxi", sagt Herr Fischer.

„Treten Sie bitte ein, was ist denn genau geschehen, wie geht es denn meinen Freunden? Nehmen Sie doch bitte im Wohnzimmer Platz", antwortet Manfred.

„Nun, Herr Ostermann, wir haben auf dem Handy von Dr. Maiwald im Terminplaner erkennen können, dass beide Ihre Geburtstagsgäste waren und gegen 01.45 Uhr mit einem Taxi zum Hotel des Flughafens fahren wollten. Wer hat den das Taxi gerufen?", fragt Herr Fischer.

„Das Taxi habe ich mit meinem Handy bestellt, denn meine Freunde wollten nicht mehr mit ihrem eigenen Auto fahren."

„Das Auto stehen zu lassen ist sicherlich bei Alkoholgenuss eine sehr gute Entscheidung. Rufen Sie oft das Taxiunternehmen an?", fragt nun Herr Pohl.

„Nein, eigentlich nicht – aber was ist denn nun eigentlich genau geschehen?"

„Nun ja, Herr Ostermann, es war ein sehr schlimmer, aber auch seltsamer Unfall, denn das Taxi ist mit hoher Geschwindigkeit - 80 km pro Stunde - ungebremst mit einem Wohnmobil, auf einer geraden Strecke der Schnellstraße, zusammen gestoßen. Weiterhin hat die Spurensicherung eine Bombe auf dem Beifahrersitz sicherstellen können – und beim Taxifahrer wurde eine noch nicht aktivierte Auslösefunktion auf seinem Handy entdeckt -. Wir müssen leider von einem geplanten Attentat ausgehen, denn Dr. Smith hat in den letzten 2 Wochen mehrere Drohbriefe erhalten. Er und auch Dr. Maiwald sind zwar im Ruhestand, aber beide sind noch als Berater im Innenministerium der USA tätig.

Sie haben noch sehr intensiv für die Sicherheitsabteilung im Innenministerium federführend im Steuerungsteam mitgearbeitet. Haben Sie von dieser Beratungstätigkeit und den Inhalten gewusst?", fragt Herr Fischer.

„Ja, ich habe von der Beratungstätigkeit meiner Freunde gewusst, denn beide waren im Bereich der Spionageabwehr und Sicherheitsfragen über viele Jahre für die USA, aber auch in der BRD, in verantwortlicher Position gewesen. Die Inhalte der Beratungstätigkeit sind mir jedoch nicht bekannt", antwortet Manfred.

„Aber warum stellen Sie mir alle diese Fragen?"

„Nun ja, Herr Ostermann, wir wissen von den früheren Bedrohungen und ebenso von den umfangreichen Schutzmaßnahmen für Ihre Person, Ihre Familie und Ihre damaligen Freunde. Wir wollen einfach nur feststellen, ob wieder ein aktueller Bedrohungsfall vorliegen könnte", erklärte Herr Fischer.

„Vielen Dank, Herr Ostermann, für die Beantwortung unserer Fragen. Es ist schon sehr spät und die Nacht wird für uns alle sehr kurz. Jedoch müssen wir Sie Morgen noch einmal intensiver in unserem Büro befragen, denn das geplante Attentat müssen wir sehr ernst nehmen. Wir wollen natürlich weitere mögliche Gefahren frühzeitig erkennen. Dann bis Morgen und noch eine gute Nachtruhe", sagt Herr Pohl.

Herr Fischer, Herr Pohl und der uniformierte Polizeibeamter verabschieden sich von Manfred.

Manfred ist sehr aufgewühlt, er geht noch einmal in die Küche und trinkt ein kaltes Glas Wasser. Es ist bereits 3:40 Uhr, er ist sehr müde und geht zu Bett. Er lässt seine Frau weiterschlafen und wird ihr erst beim Frühstück die neue ernste Situation in aller Ruhe mitteilen.

Manfred kann nicht wirklich schnell einschlafen, denn viele Gedanken und Erinnerungen gehen ihm durch den Kopf.

Ein lauter Schrei – Manfred sitzt senkrecht im Bett -,

sein Schlafanzug ist durchgeschwitzt.

Sonja wird wach und rüttelt Manfred an der Schulter.

„Schatz, was ist denn los mit Dir?"

„Ich habe schlecht geträumt, lass uns einfach weiterschlafen."

Sonja und Manfred haben keinen Wecker gestellt. Sie stehen um 9.30 Uhr auf. Manfred geht zuerst ins Bad und Sonja holt die Tageszeitung aus dem Briefkasten und die Brötchen, die jeden Morgen von ihrem Bäcker angeliefert werden. Die Brötchen werden immer in einem Beutel am Briefkasten befestigt. Gemeinsam decken sie den Frühstückstisch, Manfred kocht weichgekochte Frühstückseier und ist jeden Morgen für den frischen Kaffee zuständig. Beide freuen sich auf das gemeinsame Frühstück und Sonja hat noch frische Schnittblumen aus dem Garten geholt. Der Frühstückstisch ist reichlich mit Käse und Obst eingedeckt. Sie lassen es sich schmecken.

„Mein Schatz ich muss heute nach dem Frühstück noch ins Krankenhaus und vorher noch zur Polizei – genauer gesagt zum FBI -." „Krankenhaus und FBI, was ist denn der Grund dafür?", fragt Sonja.

„Gestern waren noch zwei FBI-Beamte da, denn meine Freunde Mike und Harald hatten einen schweren Verkehrsunfall. Ihr Taxi fuhr mit hoher Geschwindigkeit in ein Wohnmobil. Beide Fahrer sind noch am Unfallort verstorben. Beide Fahrzeuge sind komplett ausgebrannt. Mike und Harald wurden schwer verletzt mit einem Hubschrauber ins Krankenhaus des Flughafens geflogen. Sie wurden sofort operiert. Sie sind nun auf der Intensivstation und liegen im Koma. Die Experten der Polizei können sich den Unfall noch nicht erklären. Sie haben unter dem Beifahrersitz eine Bombe und auf dem Handy des Taxifahrers eine Auslösefunktion für die Bombe sichergestellt. Das FBI schließt ein geplantes Attentat nicht aus, denn Mike hat in den 2 letzten

Wochen mehrere Drohbriefe erhalten. Heute soll ich noch intensiver befragt werden", sagt Manfred.

„Nein, um Gottes willen, jetzt fängt ja alles wieder von vorne an. Ich kann es nicht glauben."

Sonja zittert am ganzen Körper und fängt an zu weinen. Manfred nimmt Sonja in seine Arme, auch er ist sehr besorgt, aber er möchte Sonja trösten. Ihnen ist der Appetit vergangen.

Kapitel 5

Manfred ruft beim FBI an, um einen Termin für heute zu vereinbaren. Er soll um 14:00 Uhr beim FBI sein. Anschließend will er Mike und Harald im Krankenhaus besuchen.

Es ist 13:50 Uhr – Manfred betritt das FBI-Gebäude. Er kennt das Gebäude von früher, aber er muss beim Pförtner das Büro von Herrn Fischer bzw. von Herrn Pohl erfragen, denn im Inneren des Gebäudes hat sich durch intensive Umbauten vieles verändert. Manfred wartet im Besucherbereich, denn Herr Fischer wird ihn persönlich beim Pförtner abholen.

„Hallo, Herr Prof. Ostermann, bitte kommen Sie mit. Wir können die Treppe nehmen, denn mein Büro ist im 1. Obergeschoss."

„Ja, sehr gerne, etwas Bewegung tut mir heute gut, denn die letzte Nacht war sehr kurz. Leider konnte ich nicht erholsam schlafen", antwortet Manfred.

Beide gehen die Treppe hinauf. Das Büro ist an der Stirnseite des Gebäudes. Herr Fischer öffnet die Bürotür. Dort wartet bereits Herr Pohl. Die Sekretärin stellt eine Kanne Kaffee und drei Tassen mit etwas Gebäck auf den Besprechungstisch, anschließend verlässt sie das Büro.

„Nun gut, fangen wir am Besten mit einer Tasse Kaffee an", sagt Herr Pohl und fragt Manfred, ob er auch eine Tasse Kaffee haben möchte.

„Ja, sehr gerne."

Herr Fischer gießt den Kaffee ein und beginnt mit der Befragung:

„Herr Ostermann, mein Kollege und ich haben uns noch einmal alle Protokolle von früher durchgelesen und alle ernsthaften Bedrohungen Ihrer Person, Ihrer Familie und Ihrer Freunde noch einmal erkennen können. Weiterhin konnten wir lesen, dass Sie nicht alle Forschungsergebnisse Ihrer damaligen Studien veröffentlicht haben, um die Bedrohungslage nicht noch zu erhöhen. Weitere Hinweise zu den Inhalten wurden aber aus Gründen der Sicherheit nicht protokolliert. Damit wir die gegenwärtige Bedrohungslage besser einschätzen können, würden wir Sie bitten, dass Sie uns die nicht veröffentlichen Forschungsergebnisse in verständlicher und allgemeiner Form mitteilen."

„Ja, gerne kann ich Ihnen die Teilergebnisse meiner komplexen Forschung schildern. Es sind drei Themenfelder, die mein Forschungsteam und ich durch

Befragungen und „Teilnehmende Beobachtungen" in unterschiedlichen Bildungseinrichtungen, in der Arbeitswelt, in der Politik, aber auch im sozialen Zusammenleben in allen bekannten - unterschiedlichen Wirtschaftssystemen - tendenziell, aber durchaus statistisch bedeutsam – also signifikant – erkennen konnten.

Die Themenfelder waren:

1. Gesellschaftliches Zusammenleben

In den untersuchten Ländern konnten zunehmende Ängste im täglichen Leben der Erwachsenen, aber auch bei Kindern und Jugendlichen beobachtet werden. Die Depressionen nahmen in allen Altersgruppen zu und es wurde eine höhere Selbstmordrate beobachtet, die aber nicht wissenschaftlich dokumentiert wurde.

2. Die Kommunikationsmöglichkeiten

Die Digitalisierung entwickelte sich von 2018 bis 2028 in Europa auf ein sehr gutes Niveau und weltweit war die Digitalisierung bis 2034 umgesetzt. Die Arbeitswelt hat sich in allen Bereichen entsprechend verändert. Die neue Form der Kommunikation wurde überwiegend - in der Arbeitswelt und auch im privaten Bereich - elektronisch in sozialen Netzwerken durchgeführt. Der Informationsaustausch wurde auch durch die „Künstliche Intelligenz (KI)" beschleunigt.

Neue Ausbildungsberufe und die Bildungsinhalte wurden der gesellschaftlichen Veränderung entsprechend angepasst. Ab 2045 mussten nicht mehr die Menschen eine Arbeit ausüben, um ihr alltägliches Leben zu finanzieren, denn die vielen neuen technischen Errungenschaften waren in der Lage über 90% der notwendigen Arbeiten zu übernehmen. Die Technik wurde nur von Experten überwacht und die Prozesse situativ gesteuert. Im privaten Bereich haben sich die meisten Menschen nur noch über Videos unterhalten. Gespräche und Verabredungen unter Freunden in

Restaurants, Kneipen und Jugendtreffs waren nur noch sehr selten. Es wurde ein Rückgang im Bereich der Empathie beobachtet und auch die Schüler und Schülerinnen in den weiterführenden Schulen haben sich nur zweimal in der Woche im Klassenzimmer gesehen. Die meisten Inhalte der Unterrichtsfächer wurden digital vermittelt. Auch in den Grundschulen wurden die Schüler und Schülerinnen einmal in der Woche digital unterrichtet. Das Familienleben musste neu organisiert werden, denn die Grundschüler sollten in der 1. und 2. Klasse noch nicht alleine in der Wohnung bleiben und die Eltern sollten ihre Kinder intensiv und situativ unterstützen.

3. Extreme politische Entwicklungen

Weltweit regierten einige Autokraten und ab 2015 bis 2065 wurde ein dynamischer Anstieg der Autokraten festgestellt. Weiterhin entwickelten sich ab 2020 bis 2084 weltweit viele Staaten, die eine historisch nationale

Sichtweise in die Parlamente einbringen wollten. In sehr vielen demokratischen Ländern gab es rechtsextremistische Gruppen, die die demokratischen Werte nur für die Bürger ihres geplanten nationalen Staates akzeptieren wollten. Die linksorientierten Gruppen nahmen von 2028 bis 2050 weltweit zu. Sie wollten die gesellschaftliche Entwicklung sozialer gestalten, den Kapitalismus abschaffen und durch ein modernes soziales Wirtschaftssystem – mit mehr sozialer Gerechtigkeit – ersetzen.

Die Staaten, die von Autokraten geführt wurden haben eine hohe Arbeitslosigkeit sowie eine hohe Kinder- und Altersarmut. Es fehlt ein Gesundheitssystem für alle Bevölkerungsgruppen, die Korruption ist strukturell in der Politik und in den staatlichen Wirtschaftsunternehmen nachhaltig organisiert. Die Richter, die Führungskräfte in den mittelgroßen und sehr großen Betrieben und alle Leitungspositionen in allen

Bildungseinrichtungen wurden von den Autokraten ernannt.

Ein unabhängiger Rechtsstaat konnte sich nicht entwickeln und alle demokratischen Absichten und Ideen, zum Beispiel das Versammlungsrecht, angemeldete Demonstrationen, Verteilung von Flugblättern, Meinungsfreiheit usw. - wurden gewaltsam durch das Militär im Keim erstickt. Die Gegner der Regierung – der Autokrat ernannte immer die Mitglieder der Regierung – wurden verhaftet und durch harte Strafen von ihren Familien getrennt. Die herrschenden Autokraten wollten eine Diktatur und verstießen ständig gegen Menschenrechte, hielten sich nicht an internationale Verträge und missachteten immer das Völkerrecht. Die Kriege nahmen seit 2022 bis 2058 weltweit zu und immer wurden demokratische Staaten oder Staaten im Prozess der Demokratisierung von den Autokraten militärisch angegriffen.

Die Weltgemeinschaft hatte die Klimakrise bis 2045 gemeinsam durch Zielvereinbarungen beseitigt. Die Erderwärmung mit 1,26 Grad blieb unter 1,5 Grad. Das Weltklima wurde gerettet, aber eine nachhaltige Friedenspolitik und eine positive „Interkulturelle Bildungsentwicklung" wurde leider erst in den 2095er Jahren spürbar erreicht.

„Ich beabsichtige nun - in naher Zukunft - meine noch nicht veröffentlichen Forschungsergebnisse aus den Jahren 2088 in allgemeiner Form darzustellen," sagt Manfred.

„Vielen Dank, Herr Prof. Ostermann, für die sehr detaillierte Darstellung der Themenfelder Ihrer Forschungsergebnisse, die Sie uns heute in verständlicher Form dargestellt haben, aber ich bitte Sie dennoch mit der Veröffentlichung zu warten. Das Leben von Dr. Maiwald und Dr. Smith, die sich noch im Koma befinden, aber auch Ihr Leben und das Leben ihrer

Familie könnte nach unserer bisherigen Einschätzung durchaus wieder in Gefahr sein. Wir sollten mit Dr. Smith und Dr. Maiwald eine gemeinsame Strategie besprechen", sagt Herr Fischer.

„Ja, gerne, ich möchte natürlich kein weiteres Risiko eingehen", antwortet Manfred.

Er kann die berechtigten Bedenken verstehen und möchte natürlich keine Gefahr für seine Liebsten und Freunde erneut eingehen. Das Darstellen der Forschungsergebnisse ist natürlich der Anspruch eines jeden Wissenschaftlers, aber die Gesundheit und das Leben von Menschen sollte immer wichtiger sein.

Herr Fischer und Herr Pohl verabschieden sich mit Handschlag von Manfred Ostermann. Es ist 15:10 Uhr und Manfred fährt noch ins Krankenhaus zu seinen Freunden Mike und Harald.

Kapitel 6

Viele Autos befinden sich zu dieser Zeit auf der Straße in Richtung Flughafen; besonders heute sind viele ausländische Gäste unterwegs, denn im Hotel des Flughafens wird ein internationaler Kongress über „Wirtschaftliche Entwicklung unter Berücksichtigung gesellschaftlicher Aspekte" veranstaltet. Nach der Berichterstattung verschiedener Tageszeitungen sollen über 1200 geladene Gäste in den nächsten Tagen am Kongress teilnehmen. Es sollen 15 Redner aus unterschiedlichen Ländern anwesend sein, die Vorträge zu folgenden Themenfeldern halten werden: „Neue wirtschaftliche Herausforderungen müssen frühzeitig erkannt werden", „Politische Strukturen rechtzeitig in den demokratischen Staaten erkennen und eine gemeinsame Wertegemeinschaft festigen", „Allen neuen Formen der zunehmenden Korruption gemeinsam entgegenwirken", die „Zunehmenden Gefährdungen durch rechtsextremistische Gruppen frühzeitig erkennen und benennen", die „Internationale Sicherheitspolitik unter Einhaltung der Menschenrechte gemeinsam gestalten", notwendige „Internationale Strategien zur Reduzierung politischer und religiöser Gewalt nachhaltig entwickeln", auch die situativ entwickelte „Verbesserung in der weltweiten internationalen Terrorismusbekämpfung", die Auswirkungen der „Künstlichen Intelligenz (KI)" und die Belastungen der „Digitalisierung" auf die gesellschaftliche Entwicklung unter Berücksichtigung einer nachhaltigen zunehmenden „Interkulturellen Bildungsentwicklung" wissenschaftlich erforschen. Auf der Rednerliste sind international anerkannte Experten, darunter auch Dr. Smith und Dr. Maiwald, zu finden.

Es ist 16:05 Uhr und Manfred findet einen Parkplatz in der Tiefgarage in der Nähe der Aufzüge. Auf der Fahrt zum Krankenhaus gingen Manfred viele Gedanken durch seinen Kopf. Er dachte ständig an seine beiden Freunde und an die früheren Drohungen. Nun liegen sie auf der Intensivstation. Der Unfall war sicherlich sehr schlimm, aber hat möglicher Weise auch ihr Leben gerettet, denn es kam nicht zum geplanten Bombenanschlag.

Manfred nimmt einen der Aufzüge und fährt ins 2. Obergeschoss. Dort befindet sich die Intensivstation. Er steigt aus, und bereits im Foyer und im Eingangsbereich der Station kann er eindeutig Sicherheitspersonal mit dunklen Schutzwesten und entsicherten Schusswaffen wahrnehmen.

Manfred Ostermann geht mit zwei Personen des Sicherheitspersonals zum Empfang der Intensivstation, meldet sich mit seinen persönlichen Daten und seinem Personalausweis an.

„Ich bin ein sehr guter Freund von Dr. Smith und Herrn Dr. Maiwald und möchte meine Freunde besuchen", sagt

Manfred.

Die Schwester notiert seine persönlichen Daten und ruft den Oberarzt, Dr. Kaiser, der die zwei Patienten operiert hat.

„Guten Tag, ich bin der behandelte Arzt, Sie stehen auf meiner Liste, die ich bereits heute vom FBI erhalten habe. Danach dürfen Sie die Patienten in Begleitung von zwei Personenschützern auf der Intensivstation für 10 Minuten besuchen", sagt Dr. Kaiser.

Dr. Kaiser, die zwei Personenschützer und Manfred müssen sich aus hygienischen Gründen komplett mit einer Schutzkleidung einkleiden, bevor sie das Zimmer der Patienten betreten dürfen.

Manfred sieht seine Freunde unter einem durchsichtigen Zelt liegen. Sie sind an mehreren medizinischen Geräten angeschlossen, um alle notwendigen Vital-funktionen aufrechtzuerhalten. Beide werden natürlich auch künstlich beatmet. Mehrere farbliche Kurven auf einem

Monitor sind zu sehen – auch akustische Signale sind zu hören. Alle lebensnotwendigen Funktionen der Patienten werden ständig elektronisch überwacht und komplett aufgezeichnet.

„Der medizinische Zustand beider Patienten ist zur Zeit stabil. Ich habe beide in ein künstliches Koma versetzt, um ihnen in dem kritischen Zustand zu helfen. Sie befinden sich noch in einem sehr ernsten Zustand. Die nächsten 48 Stunden werden für beide wichtig werden", sagt Dr. Kaiser.

Manfred bedankt sich bei Dr. Kaiser für die medizinische Versorgung seiner Freunde. Manfred möchte noch einige Minuten im Zimmer bleiben. Die zwei Personenschützer bleiben ebenfalls mit Manfred im Zimmer. Dr. Kaiser verabschiedet sich von Manfred und geht aus dem Zimmer.

Nach einigen Minuten verlassen auch Manfred Ostermann und auch die zwei Personenschützer das

Krankenzimmer der Intensivstation.

Manfred fährt mit seinem Auto nach Hause. Nach 25 Minuten kommt er zu Hause an, geht in sein Arbeitszimmer, denn er möchte erneut einige frühere handschriftliche Aufzeichnungen aus seinem persönlichen Tagebuch noch einmal durchlesen. Er ist beim Durchlesen sehr nachdenklich und erinnert sich an ein Gespräch mit seinem Freund Tom.

Kapitel 7

Manfred hat damals Tom seine Gedanken und Ängste geschildert.

Beide waren im Januar 2090 im Garten und Manfred fing damals an zu erzählen:

„Es ist schwierig einen Anfang zu finden, denn eigentlich bin ich ja zur Zeit mit meinem privaten Leben sehr zufrieden und glücklich. Als Forscher bin ich mit meinem Forschungsteam erfolgreich und unsere

Forschungsergebnisse sind in der Auswertungsphase. Der Vorstand von „Music For Young" ist mit den bisherigen Teilergebnissen sehr zufrieden, denn wir konnten durch unsere bisherigen Forschungen eine Umsatzsteigerung von 18% in den letzten 3 Jahren im Kerngeschäft des Unternehmens erzielen. Wir konnten aufzeigen, dass die frühkindliche Musikerziehung, die durch vielfältige Klangkörper nachhaltig gestaltet wurde und eine bessere Empathie in der interkulturellen Bildungsentwicklung verbessern kann, wenn die unterschiedlichen Kulturen ihre traditionellen Klänge im gemeinsamen Erleben einbringen können. Gemeinsame kindgerechte Konzerte können neue Musikrichtungen entwickeln. Die künstlerischen Fähigkeiten und emotionale Intelligenz kann dadurch gesteigert werden. Somit sind unsere Forschungen erfolgreich und wir erfahren weltweit eine große Anerkennung. Leider gibt es aber einige Forschungsergebnisse, die mich persönlich als Forschungsleiter sehr stark belasten, deshalb muss ich mit Dir darüber reden. Ich bin mit mir nicht im Einklang und fühle mich emotional überfordert", sagt Manfred mit Tränen in seinen Augen.

Tom nimmt seinen Freund in seine Arme - „Ok, Manfred, was belastet Dich?"

Manfred holt tief Luft und fängt an zu erzählen:

„Unsere bisherige Forschung, die noch nicht veröffentlicht ist, zeigt auf, dass die Selbstmordrate in den letzten 8 Jahren signifikant weltweit ansteigt. Viele Menschen vermissen ihr soziales Umfeld, sie vermissen soziale Wärme, sie vermissen eine nachhaltige Lebensaufgabe, sie vermissen eine soziale Aufgabe, sie haben keine finanziellen Sorgen, aber sie vermissen Zufriedenheit, sie finden kein Glück, aber sie funktionieren, sie finden nicht ihren Lebensweg, alles wird für sie organisiert, sie vermissen den Weg der Mitbestimmung, sie haben eine große Angst vor der *absoluten Kontrolle über ihr Leben, sie spüren eine Degeneration ihrer Wünsche, sie sind frustriert, sie suchen das Glück in der Zukunft. Die Angst in der Gegenwart wird immer stärker, sie haben sehr große Angst vor der absoluten Digitalisierung. Die absolute Überwachung wird schon jetzt in den unterschiedlichen Wirtschaftssystemen immer deutlicher, die individuelle Entwicklung wird in der Bildung nicht mehr deutlich gefördert! Alle diese Tendenzen sind für mich sehr belastend und ich frage mich wirklich ernsthaft, ob ich all diese negativen Tendenzen in meinem abschließenden Forschungsbericht in aller Deutlichkeit darstellen soll", sagt Manfred.*

„Nun ja, Du hast wirklich ein größeres Spannungsfeld, aber Du bist nicht nur ein großartiger Forscher mit ethischer Verantwortung, sondern Du bist zum Glück ein sehr emotionaler und sensibler Mensch und dieses macht Dich zu meinem besten Freund. Egal welche

Entscheidung Du treffen wirst - unsere Freundschaft wird immer bestehen bleiben", *antwortet Tom.*

Tom und Manfred hatten damals noch gemeinsam über notwendige Veränderungen in der Politik philosophiert und kamen gemeinsam zu dem Teilergebnis, dass leider in allen Wirtschaftssystemen die Lobbyisten einen sehr großen Einfluss auf die politischen Entscheidungen haben werden. Leider nehmen die Steuerungsmöglichkeiten der Geheimdienste durch die absolute Digitalisierung ständig zu und die Machtstrukturen der Entscheidungsträger werden nachhaltig stabilisiert. Die technische Weiterentwicklung sowie die modernen Kommunikationsmittel sind Bestandteile moderner Gesellschaften, die aber immer Hilfsmittel für die Menschen sein sollten, um die Prozesse in der Arbeitswelt sozialverträglich gestalten zu können.

Manfred erinnert sich weiterhin an historische

Ereignisse:

Neue Themenfelder für weitere Forschungen sollten formuliert werden.

1. Die moderne Arbeitswelt

Die Digitalisierung, die in allen Bereichen des gesellschaftlichen Lebens von 2025 bis 2048 ständig weltweit weiterentwickelt wurde, hat die Arbeitswelt immer wieder neu verändert. Sehr viele Menschen im Bereich der Dienstleistung haben von zu Hause aus gearbeitet. Ein soziales Umfeld im Arbeitsprozess konnte sich nur sehr selten entwickeln. Das "Home-Office" wurde von allen Unternehmen im Dienstleistungsbereich angeboten und von fast allen Mitarbeiter und Mitarbeiterinnen weltweit angenommen. Ein persönliches Treffen mit anderen Kollegen wurde nur sehr selten in den Begegnungszentren durchgeführt. Die „Moderne Videokonferenz" wurde zur Hauptkommunikation in der

Arbeitswelt im Bereich der Dienstleistungen. Leider konnte sich keine stabile soziale Struktur in der digitalen Arbeitswelt neu entwickeln.

2. Bildungsentwicklung

Die Bildungsziele haben sich im Rahmen der gesellschaftlichen Entwicklung ab 2025 stetig verändert. Bereits in der frühkindlichen Entwicklung im Kindergarten wurden die Veränderungen des gesellschaftlichen Lebens geprägt. Die frühkindliche Prägung des Kindes wurde nicht immer optimal gefördert.

Bereits im Kindergarten sowie in der Grundschule und erst recht in den weiterführenden Schulen wurde der Umgang mit der „Modernen Digitalisierung" ein definierter Bildungsinhalt.

Ab 2032 wurde das „Home-Schooling" an allen weiterführenden Schulen in Deutschland und in 17

Staaten der EU für 2 Tage pro Woche eingeführt. An den restlichen 3 Tagen mussten alle Schüler im Klassenverbund oder im Kursverbund zur Schule gehen, um dort ihre sozialen Strukturen zu pflegen.

3. Interkulturelle Bildungsentwicklung

Die interkulturelle Bildungsentwicklung hat sich seit 2015 bis 2035 positiv in den Industriestaaten weiterentwickelt. Das Zusammenleben der unterschiedlichen Kulturen stand in dieser Zeit immer im Mittelpunkt des politischen und wirtschaftlichen Handelns. Ein respektvoller Umgang durch Empathie war deutlich ab 2025 zu spüren.

Die weltweiten interkulturellen Feste und die Einführung der Ethnologie - Geschichts- und Kulturwissenschaft außereuropäischer Kulturen - in den Schulen haben zu dieser positiven Bildungsentwicklung sicherlich beigetragen.

Leider gab es ab 2065 wieder vermehrt fremdenfeindliche Gruppen in einigen Ländern der EU, aber auch in vielen anderen Ländern der Welt. Hier müssen alle Länder der „Freien Demokratischen Weltgemeinschaft" und alle Länder der „ABC-Staaten" bildungspolitisch wirksame Programme gemeinsam entwickeln.

4. Stärken der Weltgemeinschaft

Die Weltgemeinschaft hat zur Zeit nur zwei unterschiedliche Wirtschaftssysteme, die sich gegenseitig respektieren. Die Weltgemeinschaft hat die CO_2-Belastung bis 2038 stark reduziert und dadurch das Weltklima gerettet. Durch Solidarität und das Bündeln der gemeinsamen Stärken konnten die Natur, die Wälder, das Aussterben bedrohter Tiere ebenfalls gerettet werden.

Es ist weiterhin eine situative Bildungsentwicklung

anzustreben, denn dadurch könnte sich die Gleichberechtigung der Geschlechter in allen Kulturen stabiler darstellen. Die Einhaltung der Menschenrechte und die demokratischen Grundrechte, die Friedensentwicklung sowie das Schützen der Natur sollte zukünftig immer die gemeinsame Handlungsgrundlage der gesellschaftlichen Entwicklung sein.

Leider hat die Geschichte der Wissenschaft oft gezeigt, dass einige Forschungsergebnisse zu negativen Entwicklungen - Waffen, Kriege - geführt haben. Diese negativen Entwicklungen dürfen nicht wiederholt werden.

Die Armut in der Gesellschaft, die Endsozialisation in der Arbeitswelt, aber auch eine einseitige Bildungsentwicklung gefährden das gesellschaftliche Zusammenleben in modernen Gesellschaften.

Manfred sitzt noch lange in seinem Arbeitszimmer und

ist über die bisherige Entwicklung frustriert, denn leider sind bis heute - im Jahre 2126 – nur wenige positive Entwicklungen weltweit zu erkennen. Er ist immer noch davon überzeugt, dass alle Forscher eine große ethische Verantwortung haben müssen. Die erfolgreiche Grundlagenforschung in allen Gesellschaften ist notwendig. Sie ist die Voraussetzung zur Weiterentwicklung der Menschheit, aber die Menschen müssen immer verantwortlich in der Umsetzung der Forschungsergebnisse handeln.

Sonja betritt das Arbeitszimmer und nimmt Manfred in ihre Arme. Es ist schon spät und beide gehen ins Schlafzimmer. Sonja spürt die Anspannung ihres Mannes. Manfred nimmt eine Schlaftablette, aber er findet keine innere Ruhe. Seine Gedanken sind in der Vergangenheit, er kann nicht einschlafen und denkt ständig an die bedrohlichen Situationen der Vergangenheit.

Kapitel 8

12.01.2127:

Das letzte Weihnachtsfest und der letzte Jahreswechsel 2126/ 2127 wurde nur im sehr kleinen Kreis der Familie gefeiert. Manfreds Freunde Mike Smith und Harald Maiwald liegen immer noch auf der Intensivstation der Klinik. Beide sind noch im Koma und ihr Gesundheitszustand hat sich auf einem ernsthaften Niveau nur leicht stabilisiert. Nach Aussage des behandelten Arztes, Dr. Kaiser, sind sie noch nicht über den Berg.

Auch Manfred Ostermann ist seit dem 28.12.2126 gesundheitlich sehr angeschlagen, denn er hatte am 27.12.2126 lebensbedrohliche Kreislaufprobleme und einen Nervenzusammenbruch. Er war über Silvester für 6 Tage in einer Spezialklinik und zur Zeit ist er in psychologischer ambulanter Behandlung. Er kann nicht gut einschlafen, hat Angstzustände, Nachtschweiß und in den letzten 14 Tagen 6 Kilo - von 78 kg auf 72 kg – abgenommen. Den hohen Gewichtsverlust spürt Manfred intensiv, denn es geht an seine Substanz. Er hat Konzentrationsprobleme und fühlt sich insgesamt energielos. Er ist nicht nur in psychologischer Behandlung, sondern wird auch von seinem Hausarzt wöchentlich untersucht.

Sonja Ostermann macht sich große Sorge um ihren Mann, denn Manfred war früher sehr selten krank und selbst in der früheren bedrohlichen Situation hatte er keinen Schwächeanfall. Der ständige Personenschutz, der über einen längeren Zeitraum notwendig war, belastete das damalige Familienleben sehr intensiv. Sonja gibt die Hoffnung nicht auf, sie will keine Schwäche zeigen, denn ihre Enkelkinder fragen täglich nach ihrem Opa. Beide Enkelkinder vermissen Manfred sehr, denn ihr Opa hat mehrmals in der Woche verschiedene Arzttermine. Eigentlich hat Manfred mehrere Ausflüge mit seinen Enkelkindern nach Silvester im Januar geplant, denn es sind noch bis Mitte Januar Schulferien.

Sonja, ihre Tochter Rebecca und Papa Ralf übernehmen die geplanten Ausflüge, denn sie wollen natürlich, dass Opa Manfred wieder gesund wird. Jeden Abend erzählen Sophie und Marc ihrem Opa alle schönen Erlebnisse der Ausflüge. Manfred freut sich sehr darüber und notiert die Erlebnisse seiner Enkelkinder in seinem Tagebuch.

Kapitel 9

25.01.2127:

Es ist 10:45 Uhr und die Stationsschwester der Intensivstation hat angerufen. Heute um 13.00 Uhr kann Manfred zu seinen Freunden in die Klinik kommen, denn Dr. Kaiser wird beide Patienten aus dem Koma holen. Herr Fischer vom FBI wird aus Gründen der Sicherheit ebenfalls anwesend sein.

Manfred und Sonja nehmen sich ein Taxi und fahren gemeinsam ins Krankenhaus. Beide kommen um 10:30 Uhr am Krankenhaus an und gehen zur Anmeldung der Intensivstation. Dort treffen sie Herrn Fischer vom FBI. Sie begrüßen sich mit Handschlag.

„Guten Tag, Frau Ostermann und Herr Ostermann, es ist schön, Sie beide zu sehen, auch wenn der Anlass nicht unbedingt erfreulich ist, aber wir sollten das Beste für Ihre Freunde annehmen."

„Ja, Herr Fischer, da haben Sie recht. Wir sollten positiv

denken", antworten Sonja und Manfred nickt zustimmend.

Dr. Kaiser erscheint mit der Stationsschwester und einer weiteren Kollegin Frau Dr. Trautmann, die in den letzten Wochen beide Patienten medizinisch überwachte. Sie ist eine Spezialistin in der Überwachung von „Koma-Patienten".

Dr. Kaiser und Dr. Trautmann begrüßen Herrn Fischer, Herrn und Frau Ostermann ebenfalls mit einem Handschlag.

„Nun, jetzt kann es mit der Aufwachphase losgehen", sagt Dr. Kaiser und gibt seiner Kollegin und der Stationsschwester ein entsprechendes Zeichen.

„Aber Sie, Frau und Herr Ostermann, sowie Herr Fischer müssen sich noch ein wenig gedulden und noch warten, bis beide Patienten wirklich ansprechbar sind, denn wir sollten jetzt kein Risiko eingehen", sagt Dr. Trautmann.

Die Stationsschwester, Dr. Kaiser und auch Dr. Trautmann legen einen Mundschutz an, setzen eine hygienische Kopfbedeckung auf, ziehen noch OP-Handschuhe an und betreten dann das Krankenzimmer.

„Nun müssen wir wohl einige Zeit warten", sagt Herr Fischer.

„Ja, es scheint notwendig zu sein. Ich hole mir einen Kaffee", sagt Manfred und fragt Herrn Fischer und Sonja, ob sie etwas wollen. Sonja und Herr Fischer nicken, denn auch sie wollen einen Kaffee trinken.

Manfred geht zum Kaffeeautomaten. Er wechselt vorher noch Geld bei einer Schwester und holt 3 Tassen Kaffee für Sonja, Herrn Fischer und für sich.

„Vielen Dank für den Kaffee, der schmeckt viel besser, als ich dachte", sagt Sonja zu Manfred und Herr Fischer nickt zustimmend.

„Ja, hier im Krankenhaus haben sie eine sehr gute Qualität", antwortet Manfred.

Alle genießen ihren Kaffee und warten darauf, dass sie das Krankenzimmer bald betreten können.

Herr Fischer führt einige Telefongespräche mit seiner Dienststelle, denn es wird wohl noch einige Zeit dauern, bis er, Sonja und Manfred ins Zimmer gerufen werden.

Manfred und Sonja sind unruhig und wollen sich die Beine vertreten und gehen im Flur etwas auf und ab. Beide bewundern die Grünpflanzen im Foyer und den Garten, den sie durch das Fenster an der Stirnseite des Gebäudes sehen können.

Auch Herr Fischer geht etwas auf und ab, um sich die Beine zu vertreten.

Es ist bereits 12:45 Uhr und alle drei warten. Sie werden hungrig und etwas müde. Die Stationsschwester kommt aus dem Krankenzimmer.

„Leider wird die Aufwachphase der Patienten noch einige Zeit in Anspruch nehmen. Sie können in die Kantine gehen und sich dort stärken. Ich werde Sie dann dort ausrufen lassen, wenn die Aufwachphase abgeschlossen ist", sagt die Stationsschwester.

Sonja, Manfred und Herr Fischer bedanken sich für die Information und fahren mit dem Aufzug zur Kantine, um dort zu warten und eine Kleinigkeit zu sich zu nehmen.

Herr Fischer ist nun doch etwas ungeduldig, denn in seinem Büro wartet noch viel Arbeit auf ihn. Er nimmt sein Handy und informiert seinen Kollegen, Herrn Pohl, über die relativ lange Wartezeit. Er hat schon einige Erfahrungen mit der Aufwachphase von Koma-Patienten und ist etwas beunruhigt, denn die Aufwachphase von Dr. Smith und Dr. Maiwald dauert schon relativ lange. Er lässt sich aber nichts anmerken, denn er möchte nicht Sonja und Manfred Ostermann beunruhigen.

Alle haben eine Kleinigkeit gegessen, noch einen Kaffee getrunken und warten gemeinsam auf die Durchsage der Stationsschwester. Es ist bereits 14:25 Uhr.

Um 15:10 Uhr hören sie die Durchsage der Stationsschwester und fahren nun gemeinsam mit dem Aufzug zur Wartezone der Intensivstation. Dort angekommen wartet bereits der Chefarzt Dr. Kaiser, seine Kollegin Dr. Trautmann und die Stationsschwester.

„Nun ja, Herr Fischer, Frau und Herr Ostermann, wir konnten Herrn Dr. Maiwald erfolgreich aus dem Koma holen. Leider hat es aber bei Herrn Dr. Smith noch nicht geklappt. Wir mussten ihn weiterhin im Koma lassen. Das Risiko ist bei ihm noch zu hoch, denn er hat einige Vorerkrankungen. Ich kann aus medizinischen Gründen eine Befragung und einen Besuch von Herrn Dr. Maiwald nicht verantworten. Ich bitte um Ihr Verständnis. Sie werden von uns in den nächsten 2 bis 3 Tagen rechtzeitig informiert, wenn ich es medizinisch verantworten kann", sagt Dr. Kaiser.

Herr Fischer ist frustriert, aber gegen die medizinischen Gründe kommt er nicht wirklich an. Er verabschiedet sich von Dr. Kaiser sowie von Prof. Ostermann und seiner Frau.

Herr Fischer fährt in sein Büro und wünscht allen anderen einen schönen Tag. Die im Büro liegengebliebene Arbeit will Herr Fischer mit seinen Kollegen zügig bearbeiten.

Manfred und Sonja rufen ein Taxi. Sie wollen schnell nach Hause. Der bisherige Tag war lang und anstrengend. Nach 25 Minuten kommen sie an ihrem Haus an. Sonja ist müde, geht ins Wohnzimmer, legt sich auf das Sofa, um sich etwas auszuruhen.

Manfred geht in sein Arbeitszimmer. Er ist sehr aufgewühlt und kann sich nicht ausruhen, denn er muss dauernd an seine beiden Freunde denken, die sich immer noch auf der Intensivstation befinden.

Kapitel 10

Manfred muss sich ablenken und schreibt in sein Notizbuch:

Heute ist der 25.01.2127. Es ist 16:30 Uhr und ich sitze im Arbeitszimmer meines Hauses. Der Tag war sehr belastend, aber dennoch möchte ich einige Gedanken und Sachverhalte niederschreiben, denn das gesellschaftliche Leben hat sich sehr stark verändert. Meine beiden Freunde hatten einen schweren Unfall und das FBI schließt einen Anschlag nicht aus. Dr. Maiwald und Dr. Smith sind Berater der Regierung in Sicherheitsfragen. Nun liegen sie beide auf der Intensivstation.

Der Terrorismus hat seit 2120 wieder sehr stark zugenommen. In allen demokratischen Ländern sind auch rechtsorientierte Parteien in den Parlamenten vertreten und der gewalttätige Rechtsextremismus bedroht die demokratische Grundordnung. Weiterhin werden das Völkerrecht und die Menschenrechte durch Parolen der rechten Szene im Internet und in vielen sozialen Medien missachtet. Durch die „Digitalisierung" und durch die „Künstliche Intelligenz" (KI) ist in allen Bereichen die Ausbreitungsgeschwindigkeit von Texten, Bildern und modernen Kommunikationsmitteln derart gestiegen, sodass eine angemessene, verantwortliche und notwendige Überprüfung der Inhalte nur sehr selten möglich ist.

Manfred schreibt weiter:

Grenzenlose Manipulation:

Fast alle Operationen in den Krankenhäusern werden von einem medizinischen Roboter mit Programmen der „KI" eigenständig durchgeführt. Ein Arzt kann nicht mehr die Operation abbrechen und nur sehr selten steuernd eingreifen. Eine Kontrolle durch einen Arzt wird von der „Künstlichen Intelligenz" in sehr vielen Fällen abgelehnt.

Die „KI" ist selbstlernend und akzeptiert keinen Abbruch der programmierten Operation.

Weiterhin gibt es bereits seit 2068 „Kommunikationsbrillen" in der digitalisierten Welt. Hier wurden virtuelle Fantasiewelten geschaffen. Die ab 2072 entwickelten „Sprachbrillen" ermöglichen eine Kommunikation in unterschiedlichen Sprachen.

Neue Forschungen gehen ab 2116 dahin, dass sehr kleine Computer in das menschliche Gehirn implantiert werden, die dann durch „Künstliche Intelligenz" Emotionen und Fehlverhalten steuern sollen.

Seit 2098 werden Bücher, Lieder, Zeitungstexte, Kunstgemälde und wissenschaftliche Fachbücher durch Programme der „Künstlichen Intelligenz" entwickelt und durch die grenzenlosen Möglichkeiten der modernen Digitalisierung sehr schnell und weltweit *verbreitet.*

Die Kommunikationsindustrie hatte im Jahre 2117 einen Jahresumsatz von annähernd 1.500 Milliarden Euro und einen Jahresgewinn von über 630 Milliarden Euro.

Die Konzerne der „Künstlichen Intelligenz" haben seit 2092 einen steigenden Jahresumsatz von 12 bis 15 %. Im Jahr 2092 betrug der Jahresumsatz 2.750 Milliarden. Der Jahresgewinn betrug im Jahr 2092 über 1.950 Milliarden Euro.

Die Führungsebene beider Wirtschaftsbereiche ist nicht bekannt. Es ist ein Geheimbund der Mächtigen und „Die Spionage im Schatten der Macht" ist die Steuerung der strategischen Ziele.

Es ist 18:45 Uhr. Manfred ist hungrig und müde. Er geht ins Wohnzimmer und weckt Sonja. Beide gehen in die Küche und schieben eine Pizza in den Backofen. Zur Pizza trinken sie noch einen trockenen Rotwein. Gut gesättigt gehen sie ins Schlafzimmer. Sie schlafen sofort, denn der heutige Tag war für beide sehr anstrengend und belastend.

Manfred schläft sehr unruhig, er wälzt sich von der linken zur rechten Seite. In seinem Traum befindet er sich in einem Keller ohne Fenster, es gibt nur eine große Stahltür. In dieser Tür befindet sich eine Klappe. Neben der Klappe befinden sich 2 Düsen mit einem Drehverschluss. Einer von beiden ist mit einer grünen Farbe und der andere Verschluss mit einer gelben Farbe leuchtend gekennzeichnet. Wenn Manfred durstig ist, kann er den grünen Drehverschluss betätigen und aus der Düse strömt Wasser. Wenn er hungrig ist, soll er den gelben Drehverschluss öffnen und dann strömt flüssige lauwarme Nahrung aus der Düse. Manfred dreht an dem grünen Drehverschluss, denn er ist durstig. Danach öffnet er den gelben Drehverschluss, denn er ist hungrig. Die Temperatur des Kellerraumes steigt nach jeder

Betätigung des gelben Drehverschlusses deutlich an. Manfred fängt an zu schwitzen. Er wird durstig, öffnet den grünen Drehverschluss, es kommt kein Wasser aus der Düse, er schmeckt ein säuerliches Gas, plötzlich eine Explosion, die Stahltür fliegt aus der Zarge. Manfred schreit, fliegt durch die Luft und knallt gegen eine Wand. Er sieht eine Feuerwalze auf sich zukommen, er schreit, sitzt senkrecht in seinem Bett und fängt an zu zittern. Sonja ist durch den Schrei wach geworden, beruhigt Manfred. Sie nimmt Manfred in ihre Arme und bringt ihren Mann ins Bad. Dort nimmt er eine Wechseldusche, danach geht er wieder mit Sonja ins Bett. Beide liegen noch sehr lange im Bett. Manfred möchte seinen Alptraum nicht erzählen, denn er möchte Sonja nicht unnötig beunruhigen. Er nimmt Sonja in seine Arme und küsst sie. Sie kuschelt sich an Manfred und beide schlafen ein.

Kapitel 11

Der Wecker klingelt um 8:15 Uhr. Manfred geht in die Küche, kocht Kaffee und deckt den Frühstückstisch. Sonja geht ins Bad, sie macht sich fürs Frühstück fertig. Vorher geht sie noch zum Briefkasten, holt die Tageszeitung sowie die Post, denn das tägliche Ritual beginnt nicht nur mit dem Frühstück, sondern nach einem ausgedehnten und reichlichen Frühstück wird die Tageszeitung gemeinsam gelesen. Danach öffnen Manfred und Sonja ihre Post. Manfred öffnet einen Brief, liest den Brief und sein Blick erstarrt. Er sitzt mit halbgeöffneten Mund am Frühstückstisch. Der Brief ist ein Abschiedsbrief seines Freundes Dr. Smith, beigefügt ist eine Todesanzeige. Es ist seine eigene Todesanzeige.

„Was ist denn los Manfred?", fragt Sonja.

Manfred steckt den Brief mit seiner Todesanzeige wieder in den Umschlag.

„Ich muss noch ins Krankenhaus fahren, um nach

meinen Freunden zu sehen", antwortet Manfred.

„Gut, dann möchte ich mitfahren", sagt Sonja.

Sie rufen sich ein Taxi. Das Taxi, ein dunkelblauer BMW - Polizeiliches Kennzeichen: T-XZ-666 -, kommt nach 10 Minuten. Beide steigen ein. Der Taxifahrer begrüßt beide freundlich und fährt zügig in Richtung Krankenhaus. Ungefähr auf halber Strecke bleibt der Taxifahrer stehen, denn er möchte sich eine Zeitung am Kiosk holen. Er öffnet seine Tür und lässt die Tür halb offen. „Komm schnell mein Schatz". Manfred nimmt Sonja an ihrem Arm. „Wir müssen schnell aus dem Taxi". Beide stürzen aus dem Taxi und rennen los in Richtung … Es gibt einen lauten Knall und eine starke Explosion … Die Türen des Taxis fliegen durch die Luft … Das Taxi brennt und viele Menschen, die in der Nähe des Taxis sind schreien … Sonja und Manfred haben sich hinter einem Baum rechtzeitig in Deckung gebracht.

Nach einigen Minuten, sechs bis acht Minuten, sind

mehrere Löschfahrzeuge und Krankenwagen mit Notärzten am brennenden Taxi. Mehrere Polizisten sichern den Unfallort und regeln den Straßenverkehr.

Die Polizei befragt alle Menschen in unmittelbarer Nähe der Explosion, natürlich auch Sonja und Manfred Ostermann. Der Taxifahrer wurde nicht gefunden und auch das Taxiunternehmen kann keine Angaben zum Taxi machen.

Manfred und Sonja werden vom Einsatzleiter intensiv befragt. Beide haben detaillierte Angaben bis zur Explosion machen können. Nach 15 Minuten ist auch Herr Fischer vom FBI vor Ort und fährt mit Sonja und Manfred zum Krankenhaus.

Herr Fischer hat das Sicherheitspersonal im Krankenhaus bereits telefonisch informiert, denn er rechnet nach dem Taxianschlag mit noch weiteren Anschlägen. Herr Fischer meldet sich beim Chefarzt, Dr. Kaiser, und bittet Manfred und Sonja Ostermann noch in der Besucherzone der Intensivstation zu warten. Dr. Traummann kommt aus dem Büro des Chefarztes und geht ins Zimmer von Dr. Maiwald. Manfred und Sonja müssen noch warten. Nach einiger Zeit kommt Herr Fischer aus Herrn Maiwalds Zimmer. Er winkt Manfred und Sonja zu. Nun können auch sie Dr. Maiwald besuchen.

„Der Patient braucht noch viel Ruhe, er darf sich nicht aufregen und Sie haben nur 15 Minuten Besuchszeit," sagt Frau Dr. Trautmann.

Manfred und Sonja begrüßen ihren Freund Harald. Sie nehmen Harald hintereinander in ihre Arme und stellen fest, dass er sehr schmal geworden ist.

„Nun hat es mich auch erwischt, aber ich bin wieder da und werde wieder …," sagt Harald Maiwald. Er ist noch zu schwach und kann den Satz nicht zu Ende sprechen.

„Du musst dich noch ausruhen und wieder zu Kräften kommen, alles andere hat noch Zeit ," antwortet

Manfred.

„Ja, es ist nun sehr wichtig, dass Du erst einmal an Deine Gesundheit denkst," fügt Sonja mit leiser und gebrochener Stimme hinzu.

„Natürlich habt Ihr beide recht. Ich weiß nicht wirklich, warum ich im Krankenhaus bin und was eigentlich genau geschehen ist. Ich kann mich nur noch sehr schwach an Mike erinnern, der mit mir in einem Taxi fuhr – und danach kann ich mich an nichts mehr erinnern -," sagt Harald mit leiser Stimme.

Frau Dr. Trautmann zeigt auf ihre Uhr. „Die Besuchszeit sollten wir nun beenden, denn unser Patient braucht noch viel Ruhe."

Manfred und Sonja verabschieden sich von Harald und verlassen mit Frau Dr. Trautmann das Zimmer der Intensivstation.

Herr Fischer spricht gerade mit dem Einsatzleiter der Sicherheitsabteilung, denn es sind nach Einschätzung der Gefahrenlage weitere Sicherheitsmaßnahmen erforderlich.

Plötzlich kommt Dr. Kaiser aus seinem Büro und sagt: „Bitte bleiben Sie noch einen Augenblick im Wartebereich der Intensivstation, denn der Patient Dr. Smith ist gerade in einer kritischen Phase, er wacht auf, kommen Sie Frau Dr. Trautmann, wir sollten ein langsames Aufwachen sicherstellen."

Dr. Kaiser, Dr. Traummann und die Stationsschwester eilen ins Krankenzimmer. Die Stationsschwester bittet Herrn Fischer und Manfred sowie Sonja Ostermann noch im Foyer zu warten.

Die gesamte Situation ist wieder sehr angespannt. Alle drei Besucher sind in sich gekehrt. Das Sicherheitspersonal wurde auf vier Polizisten erhöht, die sich vor den 2 Türen der Intensivstation - immer mit zwei Personen gleichzeitig - alle 30 Minuten positionieren. Jedes medizinische Personal, welches die

Intensivstation betreten muss, kann nur mit einem Kennwort eintreten. Das Kennwort wird nach Anordnung von Herrn Fischer alle 60 Minuten geändert.

Nach 2 Stunden öffnet sich die Tür des Patienten und Frau Dr. Trautmann geht auf die drei Besucher zu und sagt: „Jetzt können Sie bitte getrennt von einander mitkommen, denn der Patient ist wach und ansprechbar. Herr Fischer bitte zuerst und danach Herr Ostermann mit seiner Ehefrau."

Herr Fischer betritt das Zimmer, denn er möchte Dr. Smith in Anwesenheit des Chefarztes zum Unfall befragen. Die Befragung dauert maximal 5 Minuten. Danach gehen Manfred und Sonja gemeinsam zu ihrem Freund Mike. Mike kann Manfred und Sonja erkennen und freut sich über deren Besuch. Mike möchte nicht über den Unfall sprechen, aber auch nicht über seine Arbeit, denn er will sich nicht aufregen müssen. Nun wird er nur noch an seine Genesung denken, er fragt nach Harald, der ja auch mit im Taxi war.

Manfred und Sonja müssen sich nach 5 Minuten von Mike verabschieden, denn Dr. Kaiser will noch mehrere notwendige Untersuchungen kurzfristig durchführen lassen.

Kapitel 12

15.02.2127: Heute ist ein besonderer Tag!

Es ist nun geschafft. Dr. Smith und Dr. Maiwald werden aus der Intensivstation entlassen und kommen für die nächsten 3 Wochen in eine psychosomatische Klinik, um die psychischen Belastungen des Anschlages zu therapieren.

Manfred Ostermann freut sich sehr über die positive Gesundheitsentwicklung seiner Freunde Harald und Mike. Er hat heute einen Besuchstermin in der Klinik. Herr Fischer vom FBI hat sich für heute in der Klinik einen Termin geben lassen, denn er möchte in Anwesenheit von Prof. Dr. Ostermann die Patienten Dr. Smith und Dr. Maiwald zum Tathergang befragen.

Manfred und Herr Fischer treffen sich im Sekretariat der Klinik. Sie sind an einer gemeinsamen Zusammenarbeit sehr interessiert und wollen die Hintergründe des Anschlages von Dr. Smith und Dr. Maiwald erfahren.

Harald Maiwald und Mike Smith warten bereits in einem Seminarraum der Klinik und haben einige Aufzeichnungen ihrer gemeinsamen Arbeit der letzten Monate mitgebracht, denn sie wollen die Ergebnisse ihrer Ermittlungen mit Manfred und Herrn Fischer besprechen.

Herr Fischer und Manfred Ostermann betreten gemeinsam den Seminarraum, der sich im gut gestalteten Eingangsbereich im Obergeschoss des Verwaltungsgebäudes befindet.

„Hallo Harald, hallo Mike, es ist schön Euch zu sehen,"
sagt Manfred zu seinen Freunden.

„Ja, endlich können wir miteinander reden," sagt Herr
Fischer.

„Nun ja, fangen wir an zu reden," antwortet Mike
Smith.

„Du hast recht mein Freund," ergänzt Harald Maiwald.

„Am Besten einer von Ihnen fängt von vorne an, damit
wir es alle verstehen können," sagt Herr Fischer.

„Gut, dann werde ich anfangen," sagt Harald zu Mike.

„Mike und ich arbeiten seit einigen Jahren als Berater
für unsere Regierungen. Ich beobachte die
extremistischen politischen Entwicklungen in den EU-
Staaten, in Afrika, im „Nahen Osten" und in den
osteuropäischen Ländern, die noch nicht der EU
angehören. Meine Arbeitsgruppe konnte durch
geheimdienstliche Ermittlungen über mehrere Jahre
eindeutig feststellen, dass die Führungsebene

rechtsextremistischer Gruppen durch die Anwendung der „Künstlichen Intelligenz (KI)" Strukturen zur Steuerung wirtschaftlicher Prozesse geschaffen haben und dadurch radikale und nationale Ziele, die gegen das Völkerrecht verstoßen, schneller erreichen können. Durch die Prozesse der KI werden leider alle möglichen Gegenmaßnahmen zur Steuerung negativer Einflüsse eliminiert und somit ist ein situatives Krisenmanagement in nur sehr seltenen Fällen möglich. Die „KI" steuert den Prozess der Einflussnahme und die politischen Führer der extremistischen Gruppen sind immer mehrere Schritte gegenüber den demokratischen und wirtschaftlichen Zielsetzungen voraus. Diese politischen Kräfte haben eine kriminelle Energie, sie haben ein Netzwerk mit der internationalen Mafia nachhaltig entwickelt. Durch einen gemeinsamen sowie immer gewaltsamen Weg, der sehr oft terroristische Anschläge beinhaltet, wird die Rechtsstaatlichkeit und leider auch die Demokratie stark gefährdet. Die Mafia und die Extremisten haben anscheinend die besseren Experten eingekauft, die die Prozesse der „KI" ständig verbessern, um die absolute Macht aller Einflussnahmen in der gesellschaftlichen Entwicklung zu haben. Meine Mannschaft und ich haben 5 verdächtige Personen ermittelt, die als Führungskräfte dieser terroristischen Organisation weltweit verantwortlich sind. Diese 5 Personen sind wahrscheinlich in der Politik, aber auch in der Wirtschaft im Bereich der Digitalisierung in Führungspositionen tätig. Damit eine erfolgreiche Verhaftung möglich ist, müssen noch die Namen dieser 5 Personen eindeutig ermittelt werden. Bis zum heutigen Tag konnten diese Namen noch nicht – leider durch die Prozesse der „KI" - festgestellt werden. Wir sind auf einem guten Weg, der aber sehr gefährlich ist," sagt Dr. Maiwald.

„Nun, dann werde ich die Sicherheitsmaßnahmen noch

weiter erhöhen," sagt Herr Fischer.

„Ja, sicherlich sollten wir für alle Beteiligten sowie für Manfred und seine Familie notwendige Sicherheitsmaßnahmen anordnen," ergänzt Mike Smith.

„Leider ist die gesamte Gefahrenlage noch viel tiefgreifender, denn auch mein Team hat in weiteren Bereichen des gesellschaftlichen Zusammenlebens strukturelle Gefahren durch die Digitalisierung und der „KI" beobachten müssen. Im Gesundheitswesen, in der medizinischen Forschung, im Bildungswesen und in der Energiewirtschaft sind negative Einflüsse durch die Steuerungsprozesse der „KI" deutlich zu erkennen, aber ein rechtzeitiges Gegensteuern ist nur ganz selten möglich. Die Dokumentation ist immer digitalisiert und die Prozessoptimierung in der „KI" verhindert eine situative Steuerung. Es erfolgt kein zeitnahes Krisenmanagement durch die menschliche Intelligenz der Experten. Der Mensch ist leider zur Zeit immer noch langsamer in der Beurteilung kritischer Phasen. Die „Künstliche Intelligenz" und die schnelle Verarbeitung der Daten beherrschen immer noch die verantwortlichen Entscheidungswege der Experten. Beispielsweise Politiker, Mediziner, Pädagogen, Ingenieure, Naturwissenschaftler, Mathematiker, Informatiker, um nur einige zu nennen. Es werden die meisten Operationen mit Robotern durchgeführt, die durch „KI" gesteuert werden. Eine Operation kann nur dann gestoppt werden, wenn drei unterschiedliche Ärzte innerhalb von 2 Minuten dem Abbruch der Operation zustimmen. Diese festgelegte Randbestimmung der Übereinstimmung wird immer durch die „KI" definiert und kann auch weniger als 2 Minuten betragen. In der Analyse der Operationen wurde von 2123 bis 2125 festgestellt, dass ungefähr 18% der durchgeführten Operationen aus medizinischen Gründen nicht unbedingt notwendig waren. Ein Abbruchmanagement durch die

„KI" ist noch nicht im Prozess vorgesehen. Aber leider auch in allen Bildungseinrichtungen – wie Kindergärten, Grundschulen, in den weiterführenden Schulen, also auch in Gymnasien, Fachschulen, Berufsschulen, Volkshochschulen und sogar in der universitären Ausbildung - werden die Bildungsinhalte durch die „KI" sehr dominant gesteuert. Das Hauptproblem besteht darin, dass die Ergebnisse und die Inhalte nicht mehr kritisch hinterfragt werden. Das Lernen findet nicht mehr in Gruppen statt sowie der Austausch von Wissensvermittlung, gemeinsame Zielverfolgung und Ergebnissteuerung wird nur selten von den Beteiligten thematisiert. Es werden auf allen Gebieten der Bildung umfangreiche Programme durch „KI" entwickelt, die ergebnisorientierte Vorschläge darstellen. Diese Vorschläge werden sehr oft als optimale Ergebnisse von den Nutzern, also den Schülern, Studenten, Lehrkräften, Dozenten und Pädagogen definiert und nur sehr selten wissenschaftlich hinterfragt. In der Analyse mehrerer wissenschaftlicher Abschlussarbeiten wurde leider erst in der Nachprüfung von unterschiedlichen Experten festgestellt, dass mit einer hohen Wahrscheinlichkeit - über 26 % - Programme der „KI" zur Anwendung gekommen sind und teilweise wurden falsche Quellen zu den Themenfeldern angegeben. Meine Arbeitsgruppe konnte durch Feldstudien beobachten, dass im mittleren Management zu schnell die Vorschläge der „KI" angenommen und umgesetzt werden. Nicht nur in Bildungseinrichtungen, sondern leider ebenso in vielen Wirtschaftsunternehmen werden die Produkte im operativen Geschäft durch Prozesse der „KI" gesteuert. In der strategischen Planung im Bereich der Politik, Wirtschaft und Bildung hat sich die künstliche Intelligenz (KI) etabliert. Unser Geheimdienst der USA konnte mit Unterstützung anderer Geheimdienste ein weltweites Netzwerk ermitteln, dass durch kriminelle

Strukturen eine gezielte Manipulation in den strategischen Zielsetzungen durchführt. Es sind weltweit schätzungsweise 120 bis 130 Führungskräfte in diesem Netzwerk – aus Politik und Wirtschaft – für die Manipulation verantwortlich. Auffällige Manipulationen wurden bereits in Südamerika, China, Indien, Afrika, Russland, Deutschland und Australien beobachtet. Die Gefahrenlage ist bereits in Bildungseinrichtungen erkennbar. Das Netzwerk möchte langfristig demokratische Werte und soziale Strukturen im gesellschaftlichen Zusammenleben verändern," sagt Dr. Smith.

Manfred und Herr Fischer haben genau den Schilderungen zugehört und bedanken sich noch einmal bei Dr. Smith und Dr. Maiwald für die detaillierte Schilderung der komplexen Gefahrenlage. Herr Fischer sichert allen Beteiligten erneut einen erhöhten Personenschutz zu und wird kurzfristig eine

Sonderkommission einrichten, um die Familien und Freunde der bedrohten Personen im Umfeld von Dr. Smith und Dr. Maiwald sowie Prof. Dr. Ostermann zu beschützen.

Herr Fischer und Manfred verabschieden sich von beiden Patienten und wünschen ihnen eine baldige Genesung.

Kapitel 13

08.03.2127:

Heute werden Mike und Harald aus der Klinik mit ihren Personenschützern endlich entlassen. Manfred und Sonja warten im Eingangsbereich der Klinik. Ihre Personenschützer sind in unmittelbarer Nähe.

„Hallo, ihr Beiden, es ist sehr schön, Euch endlich wieder erholt und gesund zu sehen," begrüßt Manfred seine Freunde und Sonja nickt zustimmend und lächelt vor Freude.

„Ja, auch ich freue mich sehr, Euch beide endlich zu sehen," sagt Harald.

„Ich glaube, wir sollten heute den Tag genießen und gut Essen gehen," ergänzt Mike.

Manfred nimmt sein Handy und reserviert beim Italiener einen Tisch für 17:30 Uhr für vier Personen. Auch die vier Personenschützer reservieren einen Tisch im Restaurant, der sich natürlich in unmittelbarer Nähe befinden muss. Weiterhin werden drei Personenschützer im Eingangsbereich des italienischen Restaurants sowie zwei weitere Personenschützer im Hinterhof unauffällig positioniert.

Gegen 17:20 Uhr kommen alle im Restaurant an und werden vom Inhaber freundlich begrüßt. Manfred und Sonja sind gute Stammgäste und erhalten einen sehr guten Platz im vorderen Drittel des Gastraumes. Nachdem der Oberkellner die Bestellung aufgenommen hat, nehmen auch die Personenschützer ihre Plätze unauffällig ein. Sie bestellen eine Kleinigkeit und natürlich alkoholfreie Getränke. Im Restaurant sind keine weiteren Gäste zu sehen, denn das gesamte Restaurant wurde vom FBI für 3 Stunden reserviert. Harald, Mike, Sonja und Manfred genießen das gemeinsame Essen mit Rotwein und einem leckeren Dessert. Sie sind sehr froh darüber, dass die Personenschützer in ihrer Nähe sind. Die Personenschützer geben ihnen nicht nur Sicherheit, sondern ermöglichen ihnen eine entspannte Unterhaltung in angenehmer Atmosphäre.

Gegen 20:15 Uhr sind sie mit dem Essen fertig und Manfred lässt sich die Rechnung für alle acht Personen bringen, denn er möchte nicht nur seine Freunde einladen, sondern ebenso die vier Personenschützer.

Drei FBI-Fahrzeuge fahren vor und bringen alle 13 Personen zum Grundstück von Prof. Dr. Ostermann. Dort angekommen verteilen sich die 9 Personenschützer auf dem Grundstück und im Haus. Das Schutzkonzept des FBIs hat für die nächsten 5 Tage eine 24-stündige Überwachung auf dem gesamten Grundstück vorgesehen. Harald Maiwald und Mike Smith werden mit Zustimmung von Sonja und Manfred Ostermann im Haus für die nächsten 5 Tage untergebracht. Alle 9 Personenschützer werden nach 6 Stunden komplett ausgetauscht und erhalten ausreichend sowie angemessene Bereitschaftsräume im Erdgeschoss des Hauses.

„Nun müssen wir alle - in den nächsten 5 Tagen - eine notwendige Lebensgemeinschaft gestalten und mögliche Konflikte aushalten," sagt Sonja und alle anderen stimmen mit einem freundlichem Lächeln zu.

„Ja, mein Schatz, wir sind Freunde und werden auch diese Herausforderung gemeinsam bewältigen," ergänzt Manfred und nimmt Sonja in seine Arme.

Harald und Mike bedanken sich bei Sonja und Manfred

für das Asyl und versichern eine freundschaftliche Mitgestaltung der nächsten Tage.

„Nun haben wir sehr viel Zeit, uns auszutauschen und eine gemeinsame Strategie zu planen," sagt Harald.

„Ja, Du hast recht, denn eine gemeinsame Strategie kann eine nachhaltige Sicherheit für unser Leben bedeuten," ergänzt Mike.

Manfred, Harald und Mike gehen in den Leseraum, denn sie wollen sich noch etwas unterhalten und Gedanken über eine mögliche Strategie austauschen. Sonja möchte sich noch einen Spielfilm zur Entspannung im Wohnzimmer ansehen. Sie ist für ernste Gespräche einfach viel zu müde.

Manfred schenkt seinen Gästen einen Whisky ein und fängt an, seine Gedanken zu formulieren:

„Liebe Freunde, ich bin innerlich sehr besorgt über die neue Gefahrenlage, aber ich bin frustriert, denn ich habe keine gute Idee zu einer gemeinsamen Strategie.

Weiterhin habe ich das Gefühl, dass Ihr beide viel mehr Informationen zur Gefahrenlage habt und Herrn Fischer vom FBI nur allgemeine Tendenzen Eurer Ergebnisse mitteilen wolltet. Unter uns sollten wir wirklich ganz offen miteinander Erkenntnisse austauschen. Ich habe wirklich schon bereut, dass ich die früheren Erkenntnisse meiner komplexen Forschungen noch nicht veröffentlicht habe. Aber wie Ihr beide ja noch wisst, musste ich meine Familie und Freunde schützen. Ich habe wirklich große Angst, dass nun alles wieder von vorne anfängt. Der Terror, Bombenanschläge und Intrigen zur Machterhaltung in der Politik, aber auch in den unterschiedlichen Wirtschaftssystemen sind wieder deutlich spürbar. Die negativen Entwicklungen in vielen Bereichen des gesellschaftlichen Zusammenlebens sind durch die totale Digitalisierung, aber auch durch die manipulierende „Künstliche Intelligenz (KI)" deutlich geworden. Wir haben zwar viele Erleichterungen im

Verkehrswesen, in der Energieversorgung, in der Medizin, in der Bildung, in der Forschung, um nur einige zu nennen, aber wir Menschen haben nicht mehr die ethische und moralische Steuerung in den Ergebnissen, denn leider wurden die notwendigen Kontrollmechanismen in der „KI" viel zu spät umgesetzt. Es gab zwar immer wieder Bedenken von vielen Experten, aber die mächtigen wirtschaftlichen Interessen sowie politische Entscheidungsprozesse haben auch sehr oft die Umsetzung unabdingbarer Kontrollmechanismen bereits sehr früh verzögert. In den Jahren 2025 bis 2028 gab es sehr gute Ansätze in der „KI- Kontrolle" und auch in der Steuerung der Digitalisierung, aber die damalige Politik, die unterschiedlichen Gesellschaften sowie die damaligen Experten – wie Psychologen, Pädagogen, Mediziner, Soziologen, Erzieher, Berufsverbände und die Medien - konnten sich nicht gegenüber der Weltwirtschaft durchsetzen, die leider durch die Globalisierung sehr stark in allen Entscheidungsprozessen abschließend involviert war. Wir haben zwar seit 2059 in allen Industrieländern das autonome Fahren mit öffentlichen Verkehrsmitteln und privaten Elektroautos eingeführt, und es werden auch Personen und Gebrauchsgüter durch Transportbänder von A nach B befördert. In sehr vielen Großstädten, aber auch in Regionalgebieten der wirtschaftlich starken Nationen werden die modernen Systeme der Mobilität durch „KI" gesteuert. Im Verkehrswesen scheint die „KI- Kontrolle" durch situative Nachsteuerung in den Jahren 2064 bis 2071 erfolgreich geworden zu sein. Nun haben wir das Jahr 2127, aber wir haben noch keine allumfassend funktionierende „KI-Kontrolle" in der notwendigen Allgemeinmedizin, in der lückenhaften medizinischen Grundversorgung im ländlichen Bereich, auf den Intensivstationen aller großen und kleinen

90

Krankenhäuser, in der Grundlagenforschung und in der frühkindlichen Erziehung in der Kita und in den Kindergärten. Auch in anderen Bildungseinrichtungen gibt es große Probleme im Bereich der psychosozialen altersbedingten Strukturen. Die sozialen Medien haben einen sehr großen Einfluss auf das Sozialverhalten der Schüler, der Lehrer und der Eltern. Die Bildungsgemeinde - wie Schule, Kindergarten, Berufsausbildung - hat zunehmende Konflikte, die teilweise bei den Akteuren zu Depressionen führen. Ein respektvoller Umgang mit Empathie kann sehr oft nur noch durch Psychologen und unabhängige Sozialarbeit - ohne „KI- Unterstützung" - über einen sehr langen Zeitraum wieder nachhaltig entwickelt werden. Bereits am Anfang des 21. Jahrhunderts haben sich in vielen Ländern der Weltgemeinschaft – in den demokratischen Ländern – nationale politische Gruppen in den Parlamenten etabliert. Es gab überall rechtsradikale

Gruppen, die zwar vom Verfassungsschutz der Länder beobachtet wurden, aber die Politik und im Speziellen die Bildungspolitik sowie auch die demokratischen Gesellschaften haben keine wirksamen und nachhaltigen Konzepte strategisch entwickelt, um weltweit die Demokratie zu schützen. Seit 2095 werden auch die national denkenden Führungskräfte in der Politik, aber ebenso die Führungskräfte in sehr vielen Wirtschaftsunternehmen durch unterschiedliche Prozesse der „KI" manipuliert.

Nun habe ich meine Beobachtungen und Erkenntnisse meiner früheren Studien Euch mitgeteilt. Wir sollten unbedingt offen sein und gemeinsam handeln. Meines Erachtens haben wir erneut eine sehr kritische Phase in der Entwicklung unserer demokratischen Gesellschaft. Ich beobachte immer mehr Respektlosigkeit, zu wenig Empathie in der pädagogischen Arbeit in den Grundschulen, aber zunehmend auch in anderen

Bildungseinrichtungen – wie Schule, berufliche Bildung, universitäre Ausbildung und in der Erwachsenenbildung. Die Kommunikation findet fast nur noch in sozialen digitalen Netzwerken statt. Immer mehr Menschen haben wenig soziale Kontakte von Mensch zu Mensch. Die vorgegebenen Prozesse durch die künstliche Intelligenz (KI) und die schnelle Informationsverbreitung durch die Digitalisierung verhindern sehr oft die Reflexion in der wissenschaftlichen notwendigen Würdigung der Forschungsergebnisse. Auch in der wissenschaftlichen universitären Ausbildung hat die „KI" einen sehr hohen Stellenwert eingenommen. Die „künstliche Intelligenz" schreibt Hausarbeiten und Masterarbeiten. Die Studenten befassen sich nur sehr selten noch mit der notwendigen wissenschaftlichen Arbeit. Auch viele Dissertationen wurden bereits von der „Künstlichen Intelligenz" geschrieben. Nicht mehr die Menschen sind

Visionäre, sondern die „KI" schlägt mögliche Visionen vor und gibt auch Empfehlungen in den Entscheidungsprozessen. Wir leben bereits seit 2027 in einer zukunftsweisenden modernen Gesellschaft, die die Digitalisierung und die Anwendung der „Künstlichen Intelligenz" strukturiert in allen Bereichen des gesellschaftlichen Lebens eingeführt hat. Heute in 2127, also 100 Jahre später, beobachte ich eine negative Abhängigkeit, denn nicht wir Menschen treffen moralische und ethische Entscheidungen, sondern die Entscheidungsträger in der Politik, in der Wirtschaft und in Bildungseinrichtungen akzeptieren nur noch – und immer sehr schnell ohne zu reflektieren – die Empfehlungen der „Künstlichen Intelligenz (KI)". Meiner Meinung nach befinden wir uns in einem Prozess des Steuerungsverlustes. Wir Menschen führen nur noch aus und sollen vorgegebene Ziele, die durch „KI" definiert werden zeitnah ohne Konflikte erreichen.

Müssen wir in einer modernen Welt weiterhin mit risikoreichen Entwicklungen und Erfindungen leben, die das gesellschaftliche Zusammenleben in einer Demokratie zukünftig gefährden? Ich glaube, wir Menschen müssen wieder in allen Bereichen Verantwortung in den vielen Entscheidungsprozessen nachhaltig übernehmen und durch Abwägungsprozesse ethisch und moralisch zum Wohle der Menschen handeln. Das Mitgestalten einer lebenswerten Zukunft kann meines Erachtens durchaus erfolgreich werden, wenn die menschliche Intelligenz mit emotionaler Stärke, mit Empathie und gegenseitigem Respekt mehr aktiv handelt. Die Prozesse der Demokratie sollten unbedingt weltweit von allen Zivilgesellschaften unterschiedlicher Kulturen – unter Einhaltung des Völkerrechtes, unter Beachtung der Rechtsstaatlichkeit, unter Einhaltung demokratischer Grundwerte und der Menschenwürde – optimiert werden," sagt Manfred.

„Lieber Manfred, ich schätze Dich sehr als Freund und auch als Wissenschaftler, denn Du hast nicht nur komplexe Forschungsergebnisse mit Deinem Forschungsteam erzielt, sondern Du hast auch visionäre philosophische Ansätze, die möglicherweise unsere sehr kritischen gesellschaftlichen Entwicklungen nachhaltig verändern könnten. Du hast nicht nur ein gutes Gespür für differenzierte Aussagen, sondern Du kannst auch emotional zuhören. Ich habe bewusst Herrn Fischer nicht alle bisherigen Ergebnisse mitgeteilt. In naher Zukunft wird eine internationale Verhaftung von 5 Personen erfolgen, denn die Namen sind uns seit 5 Tagen bekannt. Diese Operation ist „Streng Geheim" und mehrere Sondereinheiten unterschiedlicher Sicherheitsbehörden sind weltweit involviert. Nur Mike, ich und 2 weitere Personen kennen die 5 Namen des terroristischen Netzwerkes. Du als unser Freund kennst nun auch die geplante Operation, aber die 5 Namen werde ich Dir natürlich aus Sicherheitsgründen nicht mitteilen, denn ich muss befürchten, dass alle Personen, die die 5 Namen kennen, sehr gefährdet sind," sagt Harald.

„Ja, auch ich kann mich Harald anschließen. Dennoch muss ich ergänzen, dass die Gefährdungslage nicht nur sehr ernst ist, sondern dass das terroristische Netzwerk nicht nur mit der Mafia gezielt durch die „Künstliche Intelligenz" auf politische und wirtschaftliche Entscheidungen starken Einfluss nimmt, sondern auch mit Gewalt, Drohungen und Attentaten ihre politischen nationalen Ziele zum Teil schon erreicht hat. Die nationalistischen Machthaber und Autokraten nehmen weltweit zu und gefährden nicht nur die Demokratie, sondern auch durch kleinere Kriege wird die Friedenspolitik gefährdet. Wir vermuten etwa 120 bis 130 Personen, die weltweit in den Führungsebenen der Politik und der Wirtschaft ihre Ziele steuern. Mir und

Harald sind bis jetzt 45 Namen bekannt. Wir haben in den nächsten Wochen bzw. Monaten mehrere Operationen weltweit geplant, um weitere Einflussnahmen stark zu reduzieren. Leider müssen wir auch davon ausgehen, dass in verschiedenen Sicherheitsbehörden sogenannte „Schläfer" bereits eingeschleust wurden. Auch beim FBI könnten „Schläfer" als Informanten bereits agieren," sagt Mike mit ernster Stimme.

„Vielen Dank für den offenen Austausch der gegenwärtigen Gefahrenlage und zur Erinnerung an die frühere Gefahrenlage habe ich eine Aufzeichnung der Sondersitzung vom 07.09.2085 der EU in Brüssel. Der damalige Präsident der EU, Prof. Dr. Jean-Paul Lemaire, hatte folgende Redner eingeladen. Ihr könnt Euch sicherlich an Sir Henry Fischer, an Prof. Dr. Moretti und natürlich an Dich, Dr. Maiwald, erinnern. Zur Erinnerung möchte ich nun die Videoaufzeichnungen mit den damaligen Vorträgen komplett – aber nur mit Eurer Zustimmung – vorspielen," sagt Manfred.

„Ja prima, es ist eine gute Idee," erwidert Harald und auch Mike stimmt nickend zu.

„Gut, dann starte ich jetzt meinen Computer."

Manfred sitzt an seinen Computer und die Aufzeichnungen können nun beginnen.

Kapitel 14

07.09.2085: (Videoaufzeichnung)

Heute ist eine zukunftsweisende Sondersitzung der EU in Brüssel. Die EU hat zur Zeit 19 Mitgliedstaaten und als 1. Gastredner wird Sir Henry Fisher, Präsident der Wirtschaftsabteilung der „ABC-Staaten", aus London zur weltweiten Wirtschaftsförderung einen Vortrag halten. Als 2. Redner wird Herr Prof. Dr. Petro Moretti - Staatssekretär des Außenministeriums in Rom - einen Vortrag über die Grenzen der globalen

Wirtschaftssysteme halten.

Als Begrüßung spricht Prof. Dr. Jean-Paul Lemaire, Präsident der EU, und er hält einen einleitenden Vortrag zur Situation der EU.

„Sehr geehrte Damen und Herren ich freue mich sehr darüber, dass sie alle meiner Einladung zur Sondersitzung gefolgt sind. Die EU hat in den letzten 70 Jahren an Bedeutung in der Weltgemeinschaft gewonnen. Leider sind von den ehemaligen 28 Mitgliedsstaaten bereits 7 Staaten aus der EU ausgetreten. Die Gründe hierfür sind sehr unterschiedlich. Diese 7 Staaten haben leider die Ziele der EU nicht mehr mitgestalten wollen. Dennoch möchte ich sagen, dass die restlichen 21 Mitgliedstaaten, die sich ab 2028 zur EU weiterhin bekannt haben, wichtige Ziele in der sozialen wirtschaftlichen Entwicklung positiv mitgestaltet haben. Eine sehr große Herausforderung war ab 2015 der Klimawandel, der

Natur- und Artenschutz, die Energiewende, die umweltfreundliche Mobilität, die weltweite Reduzierung von CO2, die Integrations- und Migrationspolitik - 65 Millionen Menschen waren 2015 weltweit auf der Flucht - und die Digitalisierung in der Arbeitswelt sowie die Förderung der interkulturellen Bildungsentwicklung. Die stark zunehmende Altersarmut und die sozialen Unterschiede waren nicht nur in den armen Gesellschaften ein großes Problem, sondern auch in den sogenannten westlichen Industrieländern. Die EU hat gemeinsam mit anderen Organisationen - wie die „Freie Demokratische Weltorganisation" und die Wirtschaftskraft der „ABC-Staaten" - die zuvor genannten Probleme erfolgreich lösen können. Wir haben alle durch intelligente Strategien die notwendigen Reduzierungen im Bereich des Klimawandels schneller als geplant erreichen können. Der Atomausstieg in Europa wurde in allen Mitgliedsstaaten bis 2028 erfolgreich abgeschlossen. Der Kohleausstieg wurde in Europa bis 2031 erreicht und weltweit immerhin bis 2034. Die umweltfreundliche Elektromobilität und neue Verkehrssysteme sind ebenfalls von allen EU-Mitgliedsstaaten bis 2028 erreicht worden. Seit 2027 werden in den Mitgliedsstaaten der EU keine neuen Fahrzeuge mit Benzin betriebenen Motoren hergestellt. Diese Maßnahmen konnte nur durch Innovation in der Wirtschaft, durch eine zielorientierte und verantwortliche Politik sowie durch die Solidarität der Bevölkerung erreicht werden. Das „Ozonloch" konnte komplett bis 2037 geschlossen werden. Die Klimaneutralität wurde in Europa messbar bis 2041 und weltweit bis 2043 erreicht. Der Temperaturanstieg wurde weltweit auf 1,2 Grad Celsius bis 2039 ebenfalls erreicht. Durch weitere intelligente Innovation in unterschiedlichen technischen Bereichen in den modernen Gesellschaften und durch die Solidarität aller anderen Gesellschaften konnte der Temperaturanstieg der Weltmeere von 0,65 Grad Celsius bis 2055 erreicht werden. Hier möchte ich unbedingt erwähnen, dass durch die unterschiedlichen demokratischen Jugendbewegungen in der globalisierten Welt, wichtige Akzente und Forderungen genannt wurden. Die Politik sowie viele Wirtschaftsverbände der Industrieländer haben dadurch einen größeren Handlungsdruck verspürt. Im Bereich der sozialen Absicherung hat sich eine positive Entwicklung durch die „Freie Demokratische Weltorganisation" und die soziale Wirtschaftskraft der „ABC-Staaten" entwickelt. Durch die Digitalisierung wurden in der Arbeitswelt und den Bildungseinrichtungen neue Arbeitsabläufe entwickelt. In den „ABC-Staaten", die in der Arbeitswelt ein soziales Leistungssystem befürworten, gab es im Jahre 2035 eine geringe Arbeitslosigkeit von 1,15%, die sich jedoch bis 2085 auf 0,6% reduziert hat. Im

Wirtschaftssystem der „Freien Demokratischen Weltorganisation", die eine soziale solidarische Wirtschaftsform befürwortet, gibt es seit 2034 bis heute keine Arbeitslosigkeit. Wir dürfen alle stolz sein, was wir durch Innovation und dynamische Lernprozesse bis zum heutigen Tag in der EU und auch weltweit wichtige Ziele erreicht haben, aber wir müssen auch weitere intelligente Strategien für die Problembewältigungen der Zukunft entwickeln, denn wir Menschen sollten immer neugierig bleiben, um die Gegenwart und Zukunft positiv gestalten zu können. Viele Probleme konnten wir schneller als ursprünglich geplant lösen. Das war für die Menschheit und die Umwelt ein Gewinn. Jedoch haben wir nur ein Problem des 20. Jahrhunderts lösen können. Das Ozonloch ist wieder geschlossen. Das Ozonloch wurde durch die Lebensweise der Industrieländer relativ schnell entwickelt. Das Ozonloch war bereits ab 1975 gefährlich groß geworden und konnte erst bis 2035 wieder komplett geschlossen werden. Die Politik, die Industrie und die Solidarität aller Menschen haben es aber zum Glück nach 60 Jahren endlich geschafft. Die Weltbevölkerung wächst weiterhin sehr stark an. Im Jahre 2020 gab es ungefähr 7,6 Milliarden Menschen auf der Welt. Heute im Jahre 2085 haben wir eine Weltbevölkerung von über 11,6 Milliarden Menschen. Viele Wissenschaftler und Politiker behaupten, dass wir eine Übervölkerung haben. Darüber möchte ich kein Urteil abgeben, denn das Leben ist ein weltweites Menschenrecht. Zum Glück können alle Menschen in sozialer Gerechtigkeit miteinander leben. Es gibt zur Zeit keine Hungersnot. Durch moderne Produktionsstätten können alle Menschen auch gesund und umweltfreundlich ernährt werden. Wir sollten immer intelligente strategische Prozesse entwickeln und durch interkulturelle Bildungsentwicklung ein Zusammenleben aller Kulturen ermöglichen, denn dann könnten es auch 11,6 Milliarden Menschen bleiben. Ein messbares Problem ist leider die Selbstmordrate in den unterschiedlichen Wirtschaftssystemen. In der „Freien Demokratischen Weltorganisation" leben ca. 7,9 Milliarden Menschen. Im Jahr 2075 gab es hier eine Selbstmordrate von 0,12%, im Jahr 2076 von 0,15%, im Jahr 2077 von 0,28%, im Jahr 2078 von 0,32%, im Jahr 2079 von 0,47%, im Jahr 2080 von 0.57%, im Jahr 2081 von 0,66%, im Jahr 2082 von 0,69%, im Jahr 2083 von 0,73%, im Jahr 2084 von 0,78% und bereits im August 2085 beträgt die Selbstmordrate 0,81%. Diese Selbstmordrate ist stark ansteigend und die Ursachen für diesen dramatischen Anstieg sind nicht bekannt.

In den „ABC-Staaten" leben ungefähr 3,7 Milliarden Menschen. Im Jahr 2075 gab es hier eine Selbstmordrate von 0,08%, im Jahr 2076 von 0,09%, im Jahr 2077 von 0,091%, im Jahr 2078 von 0,095%, im

Jahr 2078 von 0,098%, im Jahr 2079 von 0,11%, im Jahr 2080 von 0,12%, im Jahr 2081 von 0,11%, im Jahr 2082 von 0,094%, im Jahr 2083 von 0,081%, im Jahr 2084 von 0,075% und im August 2085 beträgt die Selbstmordrate 0,047%. Hier war die Selbstmordrate von 2075 bis 2080 auch signifikant steigend und ab 2081 bis 2084 wieder signifikant fallend. Für beide Entwicklungen gibt es noch keine wissenschaftlichen Untersuchungen. Hier muss unbedingt geforscht werden, um die Gründe dieser Entwicklung zu kennen. Hier ergibt sich eine neue Herausforderung für die Menschheit", sagt Prof. Dr. Jean-Paul Lemaire.

Nun begrüßt Prof. Dr. Jean-Paul Lemaire persönlich Sir Henry Fisher und übergibt ihm das Wort.

„Vielen Dank Herr Präsident, sehr geehrte Damen und Herren. Wir haben soeben einen sehr interessanten und detaillierten Vortrag gehört, der uns einen historischen Überblick über die erfolgreiche Arbeit der EU gegeben *hat. Dennoch möchte ich noch einmal betonen, dass diese Erfolge deshalb möglich waren, weil die Wirtschaftsförderung der „ABC-Staaten" durch zukunftsorientierte Zielvereinbarungen mit der EU sowie auch mit dem Wirtschaftssystem der „Freien Demokratischen Weltorganisation" immer notwendige Absprachen getroffen hatten, die einen gemeinsamen Prozess zum Erfolg ermöglichten. Auch meine Wirtschaftsorganisation ist sehr Stolz über die gemeinsamen Erfolge. Wir sollten uns nun alle den neuen Herausforderungen in der Weltwirtschaft gemeinsam stellen, denn seit etwa 2074 ist zu erkennen, dass viele Bevölkerungsgruppen - und zwar in allen Staaten der „Freien Demokratischen Weltorganisation", aber auch in den Ländern der „ABC-Staaten" - sehr unzufrieden sind und auch Angst vor der Zukunft haben. Viele Menschen haben einen hohen Wohlstand, haben einen hohen Bildungsstand, können ihren eigenen*

Interessen gezielt nachgehen, können sich persönlich weiterentwickeln, haben ein positives soziales Umfeld, aber sie haben Zukunftsängste. Einige wollen eine bessere interkulturelle Bildungsentwicklung und wiederum andere Bevölkerungsanteile fordern mehr nationale Eigenständigkeit. In vielen Staaten ist zu beobachten, dass sich eine signifikante Volkskrankheit entwickelt. Obwohl ein sehr hoher Wohlstand und auch eine angemessene soziale Grundsicherung aller Menschen besteht, werden viele Menschen depressiv - und wie wir eben gehört haben, ist die Selbstmordrate seit 2075 bis heute stetig in den Staaten der „Freien Demokratischen Weltorganisation" gewachsen. Die Gründe für diese Entwicklung ist noch nicht wissenschaftlich erforscht. Auch in den Ländern der „ABC-Staaten" konnten wir einen Anstieg der Selbstmordrate in den Jahren 2075 bis 2080 deutlich erkennen. Wie bereits erwähnt, gibt es keine wissenschaftlichen Forschungen, die uns Gründe für diese Entwicklung aufzeigen. Deshalb haben wir ab 2081 unsere Strategie im Bereich der Anerkennung verstärkt und haben unser System der „Sozialen Leistungsgesellschaft" immer durch gemeinsame Vereinbarungen mit den Arbeitnehmervertretern schrittweise intensiviert, um neue Anreize in der arbeitenden Bevölkerung zu geben. In den Ländern der „ABC-Staaten" haben wir heute in 2085 eine geringe Arbeitslosigkeit von 0,6%. Weiterhin ist seit 2081 die Selbstmordrate deutlich rückläufig. Die Selbstmordrate von 2084 betrug 0,081% und entspricht wieder fast den Wert von 2075 (0,08%). Wir sind guter Dinge, dass auch dieser Wert – er ist noch viel zu hoch - in den nächsten 5 bis 8 Jahren deutlich durch unsere Strategie reduziert werden kann. Unsere Wirtschaftsförderung sollte weltweit die Grundbedürfnisse der Menschen berücksichtigen und auch die Bildungsentwicklung ständig modifizieren. Durch entsprechende Forschungen und moderne intelligente Lösungen können wir die neuen Herausforderungen gemeinsam angehen. Vielen Dank für ihre Aufmerksamkeit", sagt Sir Henry Fisher.

Viele Teilnehmer klatschen, Prof. Dr. Jean-Paul Lemaire bedankt sich für diesen gelungenen Vortrag und übergibt nun an Prof. Dr. Petro Moretti das Wort. Er geht zum Rednerpult und beginnt mit seinem Vortrag.

„Einen schönen guten Tag, auch ich möchte Sie alle im Namen der italienischen Regierung begrüßen und bin sehr froh, dass ich auch heute zu Ihnen sprechen kann. Ich möchte mich meinen vorhergehenden Rednern anschließen, denn die bisherigen Ergebnisse der europäischen Politik haben wir der EU zu verdanken. Dennoch erlauben Sie mir die geschichtliche Entwicklung der EU mit einigen Details zu ergänzen. In den ersten Jahren der EU wurden einige Länder aufgenommen, obwohl diese nicht alle die definierten

Aufnahmekriterien erfüllt haben. Dadurch kam es leider auch zu wirtschaftlichen und politischen Krisen in der EU. Die EU hat leider in den Jahren 2013 bis 2021 keine gemeinsame Strategie in der wichtigen Flüchtlingspolitik verfolgt. In den Jahren 2015 bis 2021 gab es weltweit über 65 Millionen Flüchtlinge, die durch Kriege, Naturkatastrophen und wirtschaftliche Armut ihr Heimatland verlassen mussten, um eine Perspektive des Überlebens zu bekommen. Die damaligen Länder an den europäischen Außengrenzen wurden von der EU-Gemeinschaft alleine gelassen, denn die vielen Flüchtlinge - mehrere Millionen Flüchtlinge wollten in die Länder der EU - sollten an den Außengrenzen registriert werden. Die EU hat sich leider nicht auf eine gemeinsame Aufnahmepolitik einigen wollen. Es kam in den genannten Jahren zu keiner ausreichenden humanitären Hilfe durch alle EU-Mitgliedsstaaten. Ein ständig geforderter Verteilungsschlüssel wurde leider von der EU nicht entwickelt. In dieser kritischen Phase haben viele EU-Mitgliedsstaaten nationale Ziele geäußert und wichtige nationale Aspekte ihrer Innenpolitik verfolgt sowie die Eigenständigkeit ihres Staates betont. In dieser Zeit konnte leider in sehr vielen Ländern der EU festgestellt werden, dass das nationale Gedankengut signifikant zunahm. Die EU-Politik hat meines Erachtens in dieser Flüchtlingskrise versagt, denn viele Flüchtlinge wurden nicht in den damaligen EU-Mitgliedsstaaten rechtzeitig aufgenommen, sondern teilweise in verschiedenen Flüchtlingslagern an der EU-Außengrenze menschenunwürdig untergebracht. Die meisten Flüchtlingslager waren überfüllt. Es waren einfache Zelte und die hygienischen Bedingungen waren unmenschlich. In dieser sehr schwierigen Phase der EU gab es 2015 ungefähr 470 Millionen Bürger in den 28 Mitgliedsstaaten. Damals gab es auch einen Facharbeitermangel in den Industrieländern der EU. In der damaligen Situation wäre es aus wirtschaftlichen Gründen sinnvoll gewesen, wenn man neue Bürger - Flüchtlinge aufnehmen und sie zu Facharbeitern ausbilden - in der EU aufgenommen hätte, um sie dann über einen angemessenen Zeitraum im Rahmen einer interkulturellen Bildungsentwicklung in die Gemeinschaft der EU zu integrieren. Die starke Wirtschaftsgemeinschaft der damaligen EU - alle Mitgliedsstaaten hätten jährlich - nach meiner Einschätzung - locker 1 bis 1,5% ihrer Bevölkerung an Flüchtlingen aufnehmen können. Dies wären schätzungsweise 5 bis 6 Millionen neue Bürger gewesen. Hier hat leider die Solidarität der EU nicht funktioniert. Es haben sich sogenannte „Schlepperbanden" entwickelt und sehr viele tausende Flüchtlinge sind im Mittelmeer auf der Flucht ertrunken. Meine Damen und Herren, leider gehört auch diese kritische Phase zur Geschichte der EU", sagt Prof. Dr. Petro Moretti.

„Nun ja, auch diese historische Ergänzung in der EU hat etwas mit meinem weiteren Vortrag zu tun. In meinem weiteren Vortrag möchte ich Grenzen in den globalisierten Wirtschaftssystemen aufzeigen, die ich durch „Teilnehmende Beobachtungen" feststellen konnte."

„Die Kommunikation auf Augenhöhe ist ein wichtiger Aspekt für einen gemeinsamen wirtschaftlichen Erfolg. Diese erforderliche Kommunikation ist gegenwärtig nach meinen Beobachtungen nicht immer möglich, denn die kulturellen Unterschiede werden überbetont und nicht als Chance einer kulturellen gegenseitigen Bereicherung angesehen. Dieses Problem könnte meines Erachtens durch die Verbesserung und Förderung einer interkulturellen Bildungsentwicklung bereits in den Kindergärten gelöst werden."

„Weiterhin spielt die Religion eine wichtige Rolle in der gegenseitigen kulturellen Akzeptanz der globalen

Wirtschaftssysteme. Wenn die eigene Religion immer im Vordergrund steht und das religiöse Weltbild der anderen Menschen eine Gefahr für die eigene Religion darstellt, dann kann es keine gemeinsamen Ziele im wirtschaftlichen Handeln geben. Im Aushandeln der gemeinsamen definierten Ziele darf es keinen Verlierer geben, sondern es sollte immer tragfähige Kompromisse geben.“

„Die soziale Absicherung muss im Handeln der Wirtschaftssysteme immer deutlich erkennbar sein. Hier sind nicht nur die kognitiven Fähigkeiten zielführend, sondern auch die emotionale Intelligenz braucht einen situativen Entwicklungsraum, um ein nachhaltiges Ergebnis in den Verhandlungen gemeinsam zu erzielen.“

„Wenn Menschen unzufrieden sind, weil ihre Grundbedürfnisse nicht befriedigt werden, dann werden diese Menschen in der ersten Phase durch Frustration punktuell leiden, sie können aber auch seelisch und

körperlich krank werden."

„Die soziale Anerkennung und die Anerkennung der gesellschaftlichen Aufgabenfelder sollte ein erfolgreicher Weg sein, um Depressionen vorzubeugen. Wir Menschen benötigen Entwicklungsfreiräume und müssen erkennen können, dass unsere Aufgaben und unsere Arbeit für die Gesellschaft gebraucht werden. Ein zielloser Aktivismus ist für die Seele schädlich und könnte das Selbstwertgefühl zerstören."

„Vielen Dank für Ihre Aufmerksamkeit", sagt abschließend Prof. Dr. Petro Moretti.*

Alle Zuhörer klatschen noch länger als zuvor und Prof. Dr. Jean-Paul Lemaire bedankt sich bei Prof. Dr. Moretti für den gelungenen Vortrag.

Zur Überraschung aller Teilnehmer wird noch ein weiterer Vortrag angekündigt, der aus zeitlichen und aktuellen Gründen nicht im Programm aufgenommen werden konnte.

Der Präsident der EU begrüßt den Staatssekretär, Herrn Dr. Maiwald, aus Deutschland und übergibt ihm das Wort.

„Vielen Dank, Herr Prof. Dr. Lemaire, dass ich heute meinen Vortrag hier in Brüssel halten darf. Sehr geehrte Damen und Herren, hiermit begrüße ich Sie alle auch im Namen des Innenministeriums von Deutschland. Leider muss ich Ihnen heute mitteilen, dass die gesamte Weltgemeinschaft durch ein terroristisches Netzwerk erneut bedroht wird. Bereits in den Jahren 2045 bis 2048 hat dieses Netzwerk die Wirtschaftssysteme und das gesellschaftliche Leben massiv bedroht. Im Oktober 2084 wurde auf einen deutschen Wissenschaftler im Flughafenkrankenhaus in Toronto ein Attentat mit dem lebensgefährlichen Virus „Cxz-17" verübt. Auch die Lebensgefährtin des Wissenschaftlers lag auf der dortigen Intensivstation. Alle Kontaktpersonen, die Ärzte, Schwestern und über 100 weitere Personen

mussten für 3 Wochen in Quarantäne. Zum Glück konnte durch eine wirksame medizinische Behandlung das Leben der Patienten gerettet werden. Auch Dr. Karlbach, der Leiter der Intensivstation, erkrankte und konnte durch die medizinische Behandlung seiner Experten gerettet werden. Einige Zeit später verstarb er jedoch. Er hatte einen tödlichen Verkehrsunfall mit Fahrerflucht.

Nun wieder zurück zum Terrornetzwerk der ersten Terrorgruppe. Es gibt aus den Jahren 2044/45 eine FBI-Akte, die die damaligen Anschläge - unter „Strenger Geheimhaltung" - detailliert dokumentiert. Aus ermittlungstaktischen Gründen kann ich Ihnen nicht alle Ergebnisse darstellen, aber mit Zustimmung des FBIs darf ich Ihnen einige Auszüge daraus mitteilen:

„Die Ermittlungsakte umfasst 8 gefüllte Ordner mit insgesamt 456 Seiten. Es gab 2 Substanzen; beide Substanzen waren getrennt von einander leicht und *schnell herstellbar. Erst wenn sie zusammengeführt werden kommt es zu einer Reaktion, die im menschlichen Körper hochgiftig wirkt. Nach 25 bis 30 Minuten kommt es zum Kammerflimmern - Herzstillstand - und nur durch eine notfallmedizinische Behandlung – wie einer Reanimation durch einen Notarzt oder Rettungssanitäter – besteht eine geringe Chance der Lebensrettung. Nach dem damaligen Ermittlungsstand waren aber Biologen und weitere Experten aus dem Bereich der Psychiatrie an der Entwicklung beteiligt. Es wurde von 2045 bis 2048 ermittelt, dass sich dieser wissenschaftliche Personenkreis aus der Forschungsorganisation der „Freien Demokratischen Weltgemeinschaft", aber auch aus der Führungsebene der „ABC-Staaten" zusammensetzte. Diese Gruppe von Personen wurde als Netzwerk einer terroristischen Vereinigung bezeichnet. Das terroristische Netzwerk verfolgte eine* wirtschaftliche Weltdiktatur, bestand aus 38 Personen, die sich beruflich aus allen Bereichen der Wissenschaftsgemeinde zusammensetzten. Von den 38 ermittelten Personen haben sich 3 Frauen und 2 Männer selbst getötet, 4 Frauen und 3 Männer hatten einen tödlichen Verkehrsunfall, 10 Frauen und 11 Männer wurden zu einer lebenslänglichen Haftstrafe verurteilt. Leider konnte die Identität von 5 Personen - wahrscheinlich 2 Frauen und 3 Männer - nicht ermittelt werden, sie sind untergetaucht und könnten möglicherweise ein neues Netzwerk aufgebaut haben. In den Akten gibt es einen Hinweis, dass diese 5 Personen weltweit gesucht werden. Es gibt keine Fotos, sondern nur Aufnahmen mit einem Tonband. Das Gesamtvermögen der flüchtigen Personen wird von den damaligen Ermittlern in Abstimmung mit den Finanzbehörden und der Drogenfahndung auf über 2,8 Milliarden Euro geschätzt. Diese 5 Personen sollen *weiterhin in führenden Unternehmen der „ABC-Staaten" und in Führungsebenen der „Freien Demokratischen Weltgemeinschaft" bis 2078 Entscheidungsträger gewesen sein. Falls diese 5 Personen noch am Leben sind, wird ihr heutiges Alter wohl zwischen 78 und 85 Jahre sein, denn das Alter wurde von den damaligen Ermittlern zwischen 33 und 40 Jahre geschätzt. Aus den Aussagen der inhaftierten Terroristen konnte man das Alter der Führungspersonen des terroristischen Netzwerkes abschätzen. Wir sollten davon ausgehen, dass möglicherweise noch einige Personen leben könnten, die noch eine neue Organisation mit aufgebaut haben. Die Situation ist nicht nur sehr ernst, sondern möglicherweise eine große Gefahr für die Weltwirtschaft und eine Bedrohung des Weltfriedens. Diese Inhalte der Akte sind für weitere Ermittlungsergebnisse der neuen Bedrohung von großer Bedeutung," sagt Dr. Maiwald.*

„Weiterhin gibt es Hinweise darüber, dass in der Führungsebene der „ABC-Staaten", aber auch in der Spionageabwehr der „Freien Demokratischen Weltorganisation" gemeinsame Absprachen in der Wirtschaftsentwicklung beider Systeme getroffen wurden, um den Marktanteil im Bereich der modernen Musikbranche und der Kommunikationstechnik deutlich zu steigern. Die ehemaligen noch nicht bekannten 5 Personen - Führungskräfte, die 2044/45 einer kriminellen Organisation angehört haben - waren nicht nur für die Entwicklung des gefährlichen Virus „Cxz-17" federführend verantwortlich, sondern die Organisation hat psychologische Programme mit den Experten entwickelt, die durch Manipulation das Kaufverhalten deutlich steigern sollte. Diese 5 Personen haben möglicherweise ab 2072 ein neues Netzwerk aufgebaut, um einen planbaren Führungswechsel ab 2084 weltweit aktivieren zu können. Es hat ein Prozess

einer aggressiven Einflussnahme bereits – durch nachhaltige notwendige Maßnahmen – begonnen. Weiterhin besteht der Verdacht, dass Politiker und Führungskräfte in der Musik- und Kommunikationsbranche in diesem neuen Netzwerk als mögliche „Multiplikatoren" aktiv mitarbeiten. Es gibt Hinweise darüber, dass diese Mitarbeit - im Netzwerk der kriminellen Organisation - durch intensive Bedrohung und Erpressungsaktivitäten erzwungen wird. Das neue Netzwerk steuert bereits politische und wirtschaftliche Projekte in Europa. Die Finanzierung des Netzwerkes wird von der italienischen Mafia unterstützt. Weiterhin wird nach Ermittlungsergebnissen der europäischen Sicherheitsabteilung die weltweite Organisation des Netzwerkes durch Drogengelder aus Bolivien finanziert. Die Sicherheitsorgane der „ABC-Staaten" und die Spionageabwehr der „Freien Demokratischen Weltorganisation" arbeiten seit 2081 *intensiv zusammen, aber bisher konnten keine wirksamen Erfolge erzielt werden, denn die Organisation des neuen terroristischen Netzwerkes ist immer zwei bzw. drei Schritte voraus. Hier ist nun eine noch größere Gefahreneinschätzung notwendig, denn es geht wohl nicht nur um viel Geld und Produktspionage, sondern auch um eine aggressive Veränderung in der Weltwirtschaft, sowie einer sozialpolitischen weltweiten Veränderung, die durch kriminelle Gewalt und terroristische Methoden erreicht werden soll.*

Es gibt weitere Hinweise, dass in Frankreich, in Italien, Schweden, Deutschland und Belgien sich ein erneuertes Netzwerk der alten Organisation ab 2069 entwickelt hat.

Das terroristische Netzwerk, welches bereits 2066 in Brasilien durch terroristische Aktivitäten die brasilianische Bevölkerung in Schrecken versetzte, ist weltweit sehr aktiv. In den Jahren 2066 bis 2068 wurden

32 Politiker und Wirtschaftsführer durch Attentate und durch Verkehrsunfälle ermordet. Insgesamt wurden von den 32 Personen 4 Politiker, 7 Experten der Wirtschaft durch Verkehrsunfälle getötet. Es waren immer am Unfall dunkelfarbige Fahrzeuge – BMW - beteiligt, die alle geflüchtet sind. Von den restlichen 21 Personen sind 12 Personen in einem gemeinsamen Inlandsflug abgestürzt und 9 Personen sind an dem Virus „Czx-17" verstorben. Die Organisationsstruktur ist sehr aggressiv, handelt durch Bedrohung, Erpressung und die bezahlten Killer handeln sehr professionell, schnell und konnten bis heute noch nicht gefasst werden. Die bezahlten Killer werden auf mindestens 25 Personen geschätzt, die möglicherweise der italienischen Mafia und der chinesischen Mafia angehören. Die Killer scheinen sich nicht untereinander zu kennen.

In Singapur ist seit 2076 das Netzwerk aktiv. Es werden Führungskräfte von Forschungseinrichtungen, Politiker *und Wissenschaftler in der Musik- und Kommunikationsbranche manipuliert und erpresst und dadurch zur Unterstützung der Zielerreichung der gefährlichen Organisation gezwungen. Diese Organisation gefährdet unsere „Freie Demokratische Weltorganisation" und unseren Weltfrieden. Wir alle müssen schnellere internationale Strategien entwickeln", sagt Dr. Maiwald und beendet seinen Vortrag.*

Prof. Dr. Jean-Paul Lemaire bedankt sich bei Dr. Maiwald für die geschilderte Gefahrenlage durch das terroristische Netzwerk. Beide sind gute Freunde und kennen sich aus ihrer Studienzeit in Paris. Die Teilnehmer der Sondersitzung sind sehr überrascht über den Inhalt des letzten Vortrages, aber alle Vertreter der teilnehmenden Länder erkennen den Ernst der Gefahrensituation. Es werden kleinere Gruppen gebildet, die nun die neuen Informationen intensiv diskutieren.

„Prima, Manfred, die Videoaufzeichnungen von 2085 haben

die damalige Gefährdungslage zusammenfassend dargestellt – wir sollten nun auch die jetzige Gefahrenlage durch die deutliche Zunahme der Nationalstaaten und ihren Autokraten zielorientiert angehen. Die Autokraten haben nicht nur viel Geld, sondern sie haben auch viele Experten, die durch die Anwendung der „künstlichen Intelligenz (KI)", der schnellen Kommunikation durch die Digitalisierung und durch die weltweite Verknüpfung in allen sozialen Medien ein sehr großes Machtpotenzial haben, um ihre politischen und wirtschaftlichen Ziele durch Manipulation schnell umsetzen zu können. Die demokratischen Zivilgesellschaften sind im Hintertreffen mit ihren Ideen und haben kaum noch geeignete Gegenmaßnahmen zur Steuerung neuer Prozesse in den demokratischen Gesellschaften," sagt Dr. Harald Maiwald und Dr. Mike Smith stimmt den Aussagen nickend zu.

„Ja, Du hast auch den Kern der neuen weltweiten Entwicklung deutlich formuliert. Möglicherweise solltest Du – natürlich mit Mikes und meiner Unterstützung – wieder einen Vortrag in einer erweiterten Sondersitzung der EU mit allen demokratischen Ländern halten, um die erneute Gefahrenlage einer breiten Zivilgesellschaft zu verdeutlichen. Eine gemeinsame Strategie könnte dann von einer kompetenten und demokratischen Expertengruppe – wie Philosophen, Informatiker, Soziologen, Psychologen, Pädagogen, Ethnologen, Medizinern, Musik- und Kunstpädagogen, Vertreter aus der Wirtschaft, Vertreter des Handwerks - entwickelt werden, um nachhaltige und wirksame Steuerungsmöglichkeiten in der politischen Bildung ohne „KI" zu erhalten. Die menschliche Intelligenz muss wieder stärker in den Bereichen der Forschung, der pädagogischen Bildung, der gesellschaftlichen und politischen Entwicklung sowie der „Interkulturellen Bildung" in den Vordergrund treten und alle notwendigen Prozesse verantwortlich zum Wohle der Menschen steuern," sagt Manfred ergänzend zu seinen Freunden.

Es ist schon sehr spät geworden. Es ist 01:20 Uhr. Harald, Mike und Manfred nehmen noch jeder einen doppelten Whisky – genießen ihn – und gehen dann zu Bett. Morgen nach dem Frühstück wollen sie einen gemeinsamen Spaziergang unternehmen.

Kapitel 15

Manfred geht ins Bad und macht sich für das Schlafen fertig. Er macht im Schlafzimmer kein Licht an und ist sehr leise, denn er möchte Sonja nicht aufwecken. Er kann nicht sofort einschlafen. Seine Gedanken sind noch bei der Videoaufzeichnung der „EU-Konferenz" mit den Vorträgen über die damalige Gefahrenlage und bei den heutigen Gesprächen mit seinen Freunden Mike und Harald. Er nimmt ausnahmsweise eine Schlaftablette, denn er möchte schnell zur Ruhe kommen und den morgigen Spaziergang durch den angrenzenden Wald seines Grundstückes mit seinen Freunden und möglicherweise auch mit Sonja einfach nur ausgeruht genießen.

Was ist los? Manfred hört mehrere Geräusche im Garten. Er geht ans Fenster, er macht kein Licht an, denn er will nicht von draußen gesehen werden. Im Garten sieht er zwei Männer und eine Frau. Es sind Sonja,

Harald und Mike, die auf dem Rasen regungslos liegen. Er öffnet das Fenster und ruft nach ihnen – plötzlich ein lauter Knall – eine Explosion und Manfred stürzt aus dem Fenster. Manfred sitzt senkrecht im Bett und schreit. Er zittert am ganzen Körper und sein Schlafanzug ist schweißgebadet. Sonja wird wach und nimmt ihren Manfred in ihre Arme.

„Schatz was ist denn los? Hast Du wieder einen Alptraum gehabt ?"

„Ja, aber es geht schon wieder," antwortet Manfred, steht auf und geht ins Bad. Er nimmt eine Wechseldusche.

Sonja folgt ihm und sagt: „Willst Du mit mir über deinen Traum reden?"

„Nein, heute nicht mehr – vielleicht morgen nach dem Frühstück.

Nun sollten wir wieder einschlafen," antwortet Manfred.

Beide gehen in ihr Bett. Manfred kann zum Glück

einschlafen und wird erst mit dem Klingelton seines Weckers wach. Er ist nicht wirklich ausgeruht und fühlt sich gerädert. Nimmt Sonja in seine Arme und küsst sie zärtlich. Beide gehen ins Bad und machen sich fürs Frühstück fertig.

Auch Harald und Mike stehen frühzeitig auf. Nicht wirklich ausgeschlafen, gehen sie um 8:30 Uhr zum Esszimmer. Die Sonne scheint. Es wird sicherlich ein schöner Frühlingstag. Sie lauschen dem Vogelgesang, denn die Tür zur Terrasse ist leicht geöffnet. Nun kommen auch Sonja und Manfred ins Esszimmer. Die die Personenschützer sind schon anwesend.

Alle begrüßen sich und nehmen Platz am reichlich gedeckten Frühstückstisch, der von Rebecca und Schwiegersohn Ralf vor ihrer Arbeit liebevoll hergerichtet wurde.

Es ist bereits 10:15 Uhr und auch alle Personenschützer haben ein reichliches Frühstück in Wechselschicht einnehmen können. Nach der notwendigen Sicherheitsbesprechung, die in Abstimmung mit Harald, Mike, Sonja und Manfred durchgeführt werden muss, beginnt der Tagesplan um 11:00 Uhr mit dem geplanten Spaziergang im angrenzenden Wald des Grundstückes. Sonja will aber lieber im Haus bleiben und sich mit ihren Enkelkindern beschäftigen.

Manfred hat Sonja den letzten Alptraum in abgeschwächter Form nach dem Frühstück erzählt. Sie ist sehr beunruhigt und will sich etwas ablenken. Das Spielen mit den Enkelkindern ist dafür eine gute Möglichkeit.

Nach dem gemeinsamen Frühstück gehen Manfred, Mike und Harald in den Garten und beginnen ihren geplanten Spaziergang – natürlich auch mit vier Personenschützer – in Richtung einer Waldschneise.

„Manfred, leider war die letzte Nacht sehr kurz, aber wir konnten schon wesentliche Ideen austauschen, um eine nachhaltige Strategie in der erneuten Gefährdungslage gemeinsam anzugehen," sagt Harald.

„Ja, Harald, auch für mich sind die Videoaufnahmen gestern sehr hilfreich gewesen, denn dadurch haben wir einen realistischen Ansatz für unsere Strategie wiederum erkennen können," ergänzt Mike.

„Nun ja, wenn Ihr beide einige parallele Aspekte zur heutigen Gefahrenlage auch erkennen könnt, dann sollten wir zeitnah tätig werden, um noch rechtzeitig Maßnahmen gegen die Krise in den demokratischen Zivilgesellschaften entwickeln zu können," antwortet Manfred.

„Wir sollten auf jeden Fall nicht nur neue Forschungen zur Gefahrenabwehr durchführen, sondern wir müssen durch internationale Konferenzen, aber auch durch zeitnahe zielführende Verhandlungen zu messbaren und überprüfbaren Ergebnissen kommen," sagt Harald Maiwald.

„Ich kann Dir absolut zustimmen, aber zuerst sollten wir unsere geplante Operation – die fünf Autokraten, die mit terroristischen Aktivitäten die demokratischen Zivilgesellschaften weltweit gefährden – mit Unterstützung aller notwendigen Geheimdienste erfolgreich durchführen. Wir wissen aus unserer ersten Krise, dass eine gleichzeitige Operation durchaus sehr erfolgreich sein kann. Nach der gelungenen Operation sind die Führungskräfte auf der ersten Ebene durch Verhaftungen eliminiert und dann besteht durchaus die Chance, dass ohne „Künstliche Intelligenz" ein neuer Weg der notwendigen demokratischen Prozesse beginnen kann," sagt Mike Smith.

„Es ist schön festzustellen, dass wir alle drei einen gemeinsamen Weg für möglich halten, jedoch sollten wir auch immer unsere eigene Sicherheit und die Sicherheit unserer Familien in unseren Entscheidungen berücksichtigen," ergänzt Manfred.

Manfred erzählt Harald und Mike seine unterschiedlichen Alpträume der letzten Monate. Sie können deshalb den Wunsch nach Sicherheit sehr gut verstehen. Auch der Wunsch nach einem normalen Leben – ohne Sicherheitspersonal – ist natürlich verständlich. Unter Abwägung aller Aspekte muss immer die Gesundheit und das Überleben der Menschen im Vordergrund stehen.

Nach dem gemeinsamen Waldspaziergang mit gegenseitigem Gedankenaustausch entscheiden sich die drei Freunde weitere gedankliche Konzepte zur notwendigen Strategie im Arbeitszimmer – natürlich auch in Anwesenheit der Personenschützer – zu entwickeln. „Mike, Du hast bereits angedeutet, dass es möglicherweise auch beim FBI sogenannte „Schläfer" gibt, die die Ziele des terroristischen Netzwerkes aktiv unterstützen. Hast Du schon einige Hinweise oder sogar Namen im Umfeld des FBIs?", fragt Manfred.

„Ja, wir haben schon einige Hinweise, aber aus Gründen der Sicherheit von uns allen – kann ich ... *auf einmal ein lauter Knall und eine Explosion – es ist viel Qualm – ein intensiver Geruch – und alle Personen im Arbeitszimmer liegen regungslos auf dem Boden. Ein Sicherheitsbeamter ist während der Explosion an der Tür und kann die Tür nicht mehr komplett schließen.*

Aus den anderen Zimmern kommen schnell weitere Sicherheitskräfte – mit einer aufgesetzten ABC-Maske – und betreten das Arbeitszimmer kontrolliert und vorsichtig, um allen ohnmächtigen Personen und verletzten Personen zu helfen. Alle Personen werden nach der sofortigen „Ersten Hilfe" aus dem Arbeitszimmer in die Küche getragen. Die Küche befindet sich im hinteren Bereich des Hauses und hat keine großen Fenster.

Nach etwa 15 Minuten treffen relativ gleichzeitig drei Krankenwagen, vier Notärzte, drei Feuerwehrfahrzeuge mit einer ABC-Schutztruppe und zwei Hubschrauber ein. Das Feuer im Arbeitszimmer kann zum Glück sehr schnell gelöscht werden, sodass auch alle Verletzten – ohne erhöhtes Risiko für die Notärzte – ärztlich versorgt werden können. Manfred Ostermann und Mike Smith sind schwer verletzt. Ein Personenschützer hat den Anschlag nicht überlebt. Die Schwerverletzten werden mit einem Rettungshubschrauber zum Krankenhaus des Flughafens gebracht. Die Spezialeinheit – ABC-Truppe - der Feuerwehr hat verschiedene Messungen durchgeführt und das gefährliche Virus „Cxz-17" im Arbeitszimmer nachweisen können. Alle anwesenden Personen müssen sofort in Quarantäne.

Über Funk wird auch der Hubschrauberpilot über das Ergebnis der Messungen informiert. Er, alle Schwerverletzten und das medizinische Personal im Hubschrauber müssen nach der Landung auf dem Dach der Flughafenklinik in sofortige Quarantäne. Die

Quarantäne wird von einer militärischen Sondereinheit sowie einer Abteilung des Gesundheitsamtes angeordnet und überwacht.

Rund 40 Minuten nach dem Anschlag sind insgesamt 76 Personen, die gesamte Familie Ostermann, acht Personenschützer, 18 Feuerwehrleute, sechs Sanitäter, vier Notärzte, militärisches Personal, ebenso medizinisches Personal in der Flughafenklinik, die Hubschrauberpiloten, die Schwerverletzten und Dr. Harald Maiwald in der angeordneten Quarantäne.

Alle Personen erhalten innerhalb von 30 Minuten das alt bekannte Gegenmittel – in der Hoffnung einer nachhaltigen positiven Wirkung – denn das neue Virus „Cxz-17/z3" ist noch gefährlicher und bleibende Schäden am Nervensystems werden leider deutlich höher eingeschätzt.

Prof. Dr. Manfred Ostermann und Dr. Mike Smith werden unter Einhaltung der Quarantäne sofort notoperiert und liegen auf der Intensivstation der Flughafenklinik.

Eine Expertengruppe aus der Sonderabteilung der internationalen Tropenmedizin, bestehend aus Biochemikern, Virologen, Medizinern unterschiedlicher Fachgebiete und Toxikologen haben in der Unfallklinik sehr schnell ein Labor mit allen technischen Geräten eingerichtet, denn sie müssen vor Ort – unter Einhaltung der Quarantäne – einen modifizierten Wirkstoff sehr schnell entwickeln, da das bekannte Gegenmittel nur eine sehr geringe Wirkung auf das neue Virus „Cxz-17/z3" zeigt. Alle Forscher der Expertengruppe arbeiten rund um die Uhr, denn bereits 12 Personen – im Quarantäne-Bereich - haben schon nach wenigen Tagen bleibende Schäden, die durch wiederholten Herzstillstand, aber auch Lungenentzündungen, starken Bluthochdruck und durch Schlaganfälle ausgelöst wurden.

Kapitel 16

Heute am 15.05.2127 beginnt die Sitzung des UN-Sicherheitsrates in Paris. Unter den 15 Rednern, die auf der Vortragsliste genannt werden, wird auch Dr. Harald Maiwald als 1. Redner aufgeführt und beginnt pünktlich um 14:00 Uhr mit seinem Vortrag.

„Sehr geehrte Damen und Herren, leider habe ich keine neuen positiven und nachhaltigen Erkenntnisse in der internationalen Terroristenbekämpfung mitzuteilen. Bereits bei der Sondersitzung der EU am 07.09.2085 in Brüssel habe ich detailliert über ein terroristisches Netzwerk berichtet. Zur Erinnerung haben Sie meinen damaligen Vortrag als Tischvorlage in französischer, englischer, spanischer, italienischer, griechischer, russischer und deutscher Sprache erhalten. Die damalige Weltsicherheitslage war sehr ernst. Viele Menschen sind durch terroristische Anschläge in unterschiedlichen Ländern gestorben. Leider muss ich Ihnen mitteilen, dass heute nach 42 Jahren die Sicherheitslage in allen demokratischen Ländern noch viel dramatischer geworden ist. Die Autokraten haben weltweit auf allen Kontinenten zugenommen und die nationalistisch regierten Länder bekämpfen die demokratischen Werte mit allen Mitteln. Terroristische Anschläge werden zunehmend weltweit durchgeführt. Die Autokraten sind gut vernetzt, sie nutzen alle modernen Kommunikationsmittel, durch die Digitalisierung und mit der „Künstlichen Intelligenz (KI)" können sie durch Manipulation ihre Ziele erreichen. Sie sind durch die schnelle Informationsverarbeitung sehr oft einen Schritt schneller als wir. Die Geheimdienste der demokratischen Länder sind zu langsam in der Terroristenabwehr. Die Autokraten werden durch die internationale Mafia finanziell mit Geldwäsche stark unterstützt und können dadurch die Prozesse der „Künstlichen Intelligenz" für ihre Ziele schneller und nachhaltiger nutzen. Außerdem scheinen sie die besseren Experten im Bereich der Kommunikation und der „KI" zu haben. Meine Arbeitsgruppe und die amerikanische Terroristenabwehr hat bis jetzt leider nur kleine Teilziele in der Terroristenbekämpfung erreicht. Wir benötigen unbedingt die Unterstützung des UN-Sicherheitsrates und auch die internationale Unterstützung aller Demokratien, damit wir eine wirksame strategische Terroristenabwehr zielführend entwickeln können. Wir brauchen uns. Der Rechtsradikalismus ist eine große Gefahr für die demokratische Zivilgesellschaft. Wir müssen mehr gemeinsame Handlungsstärke entwickeln und nicht nur über Frieden reden. Die menschliche Intelligenz muss wieder die „Künstliche Intelligenz" steuern. Die Empathie, die Solidarität, aber auch der gegenseitige Respekt, die Menschenrechte, die Rechtsstaatlichkeit und die demokratischen Werte müssen wieder mehr in der gesellschaftlichen

Entwicklung gelebt werden. Das letzte Attentat war in Toronto. Nach dem Anschlag wurde eine Quarantäne für 76 Personen erforderlich, weil sie mit dem Virus „Cxz-17/z3" infiziert wurden. Leider haben 12 Personen bleibende Schäden. Es sind bereits 6 Personen an dem Virus gestorben. Meine Freunde Prof. Dr. Manfred Ostermann und Dr. Mike Smith liegen auf der Intensivstation im Koma und die Ärzte kämpfen seit ca. 8 Wochen um das Leben der Patienten. Ein Expertenteam von Forschern hat leider noch kein neues Gegenmittel gefunden. Vielen Dank für ihre Aufmerksamkeit," sagt Dr. Maiwald und beendet mit leiser Stimme seinen Vortrag.

Die Sitzungspräsidentin, Frau Prof. Dr. Etienne Rousseau, bedankt sich bei Dr. Harald Maiwald und bittet nun Prof. Dr. James Maxwell ans Rednerpult, um mit dem 2. Vortrag zu beginnen.

„Vielen Dank Frau Sitzungspräsidentin für die

Möglichkeit, hier im UN-Sicherheitsrat sprechen zu dürfen. Meine Damen und Herren, hiermit möchte ich meinem Vorredner für die klaren Schilderungen seiner Ergebnisse danken. Auch ich kann in England feststellen, dass die politische Situation sehr, sehr ernst ist. Unser Geheimdienst hat in Abstimmung mit dem deutschen Geheimdienst einen Terroristen namentlich ermittelt, der als Führungskraft *...plötzlich eine laute Sirene – es kommt von allen Seiten bewaffnetes Sicherheitspersonal in den Sitzungssaal – und es erfolgt eine Durchsage über den Lautsprecher: „Alle Personen müssen sofort den Sitzungssaal zügig verlassen – es liegt eine Bombendrohung vor – bitte folgen sie den Anweisungen des Sicherheitspersonals – Ende der Durchsage."*

Alle Mitglieder des UN-Sicherheitsrates verlassen den Raum und werden unter Personenschutz in einen Sicherheitsbereich – ohne Fenster – im Nebengebäude

gebracht. Der Sicherheitsbereich ist ein „Bunkersystem",
in dem alle Personen für mehrere Tage versorgt werden
können.

Es ist 14:53 Uhr: Eine gewaltige Bombe detoniert und
das Hauptgebäude wird stark beschädigt. Der
Sitzungssaal brennt und die Umgebung wird von der
Polizei abgeriegelt. Mehrere Löschfahrzeuge und
Notärzte sind um 14:58 Uhr im Außenbereich des
Hauptgebäudes und versuchen das Feuer mit 3
Löschzügen zu löschen. *Plötzlich eine 2. Detonation vor
dem Bunkersystem. Das Bunkersystem wird nicht
beschädigt.*

Durch die 2. Detonation werden weitere 18 Personen im
Außenbereich des gesamten Gebäudekomplexes
teilweise schwerverletzt. Darunter sind auch 3
Feuerwehrleute und 4 Polizisten. Weiterhin 2
Löschfahrzeuge und 3 Rettungsfahrzeuge werden durch
die 2. Detonation total zerstört.

Es ist 15:12 Uhr. Das gesamte Gelände wird nun zusätzlich durch das Militär mit gepanzerten Fahrzeugen gesichert. Es wird sofort die höchste Alarmstufe zur Terroristenbekämpfung ausgesprochen. Der gesamte Bereich wird als militärische Sicherheitszone erklärt.

Der Luftraum wird mit 4 Hubschraubern beobachtet und mit bewaffneten Drohnen gesichert. Die Bevölkerung wird - in einem Radius von 1200m - komplett evakuiert. Eine Nachrichtensperre wird vom Kommandeur der militärischen Sondereinheit in Abstimmung mit dem französischen Geheimdienst ausgesprochen.

Kapitel 17

Heute am 17.05.2127 wird im Sicherheitszentrum in Brüssel die Operation „Blauer Fuchs" von der Führungsgruppe der weltweiten und internationalen Terroristenbekämpfung unter Leitung von Dr. Harald

Maiwald gestartet. Zum Glück wurde er beim Bombenanschlag nur leicht verletzt und konnte deshalb mit einem Militärhubschrauber von Paris nach Brüssel geflogen werden.

Die Operation „Blauer Fuchs" wird von Sondereinheiten der jeweiligen Geheimdienste zur gleichen Zeit in 5 verschiedenen Städten - Paris, London, Moskau, Toronto, Rom - durchgeführt. Die Wohnungen und Häuser der ermittelten Führungskräfte des Terroristennetzwerkes werden gestürmt und alle namentlich bekannten Terroristen erfolgreich von den Spezialeinheiten verhaftet. Die lange Planungsphase „Blauer Fuchs" war „Streng Geheim", denn die Autokraten der Nationalstaaten haben in einigen demokratischen Regierungen mehrere „Maulwürfe" eingeschleust.

Dr. Mike Smith hat auch einige „Maulwürfe" in verschiedenen Wirtschaftsunternehmen und sogar beim

FBI namentlich ermittelt.

Nur er kennt die Namensliste der ermittelten „Maulwürfe". Die verschlüsselte Namensliste befindet sich im Tresor der Sicherheitsabteilung im Pentagon und kann nur durch Dr. Mike Smith, den Vizepräsidenten und den Präsidenten der USA gemeinsam entschlüsselt werden.

Die Ärzte in Toronto kämpfen immer noch um das Leben der Patienten, Dr. Mike Smith und Prof. Dr. Manfred Ostermann, die beide noch im Koma liegen. Auch die Expertengruppe konnte noch kein neues wirksameres Gegenmittel für das Virus „Cxz-17/z3" finden.

Kapitel 18

Heute am 25.05.2127 treffen sich 45 Autokraten an einem geheimen Ort in Süditalien. Die Führungskräfte der italienischen und der russischen Mafia - insgesamt 12 Personen - sind ebenfalls anwesend.

Der Chef der italienischen Mafia ergreift das Wort: „Sehr geehrte Damen und Herren, wir haben Ihre Staaten in den letzten 25 Jahren mit insgesamt 350 Millionen Euro unterstützt. Wir werden Sie weiterhin mit viel Geld in den nächsten Jahren unterstützen, aber nun müssen Sie Ihre Ziele noch schneller erreichen, denn die internationalen Geheimdienste haben 5 Führungskräfte des Netzwerkes gleichzeitig verhaftet. Meine Leute sind sehr zuverlässig und werden alle verhafteten Führungskräfte in den nächsten 36 Stunden töten, denn sie kennen zum Teil unsere Namen, aber sie kennen auch die geheimen Strukturen des Netzwerkes, sowie viele Details der geplanten Aktivitäten. Wir dürfen kein Risiko eingehen und müssen schnell handeln."

Das geheime Treffen der Autokraten und der Mafia wird mit einem gemeinsamen Essen und mit viel Alkohol beendet.

Pressebericht:

„Heute am 06.06.2127 wurde Dr. Mike Smith erfolgreich aus dem Koma geholt. Er liegt nun auf der Normalstation der Flughafenklinik in Toronto. Die Experten konnten noch rechtzeitig ein Gegenmittel für das Virus „Cxz -17/z3" entwickeln. Die Quarantäne kann nun aufgehoben werden. Leider haben 23 Personen bleibende Schäden und 13 Personen sind gestorben. Unter den Verstorbenen sind auch Prof. Dr. Manfred Ostermann und seine Ehefrau Sonja. Der kanadische Präsident hat eine dreitägige Staatstrauer zum Gedenken der Verstorbenen angeordnet. "

Kapitel 19

Heute am 20.06.2127 treffen sich Dr. Mike Smith und sein Freund Dr. Harald Maiwald in der Zentrale des Geheimdienstes in Toronto, um die festgelegte Strategie im Kampf gegen das Terroristennetzwerk neu zu überdenken.

„Wir sind auf einen guten Weg, denn wir konnten einige „Maulwürfe" in das Netzwerk der Terroristen einschleusen. Nun kennen wir alle Namen der 45 Autokraten und auch die 12 Namen der internationalen Mafia, die am 25.05.2127 an einem Treffen in Süditalien teilgenommen haben. Unsere 3 Maulwürfe haben unabhängig von einander alles aufgezeichnet," sagt Mike.

„Na prima, dann können wir ja jetzt mit der Operation „Roter Wolf" - wiederum gleichzeitig weltweit – beginnen," antwortet Harald.

„Ja, die Operation „Roter Wolf" ist bereits durch die

Geheimdienste vorbereitet. Die 5 Führungskräfte des Terrornetzwerkes, die bereits verhaftet wurden haben keine Aussagen – mit neuen Erkenntnissen – machen können, denn sie wurden bereits am 27.05.2127 alle gleichzeitig um 10:40 Uhr von der Mafia - mit Unterstützung einiger „Maulwürfe" - durch einen Kopfschuss getötet. Die „Maulwürfe" der Terroristen waren auch beim FBI im mittleren Management, sowie in der technischen Abteilung der Spionageabwehr aktiv. Alle wurden bereits ermittelt und festgenommen. Durch die Anwendung der modifizierten „KI" haben wir die Personen schnell ermitteln können. Wie wir nun feststellen dürfen, sind auch unsere Experten in der Kommunikationstechnik schneller und besser geworden. Auch unsere ausgearbeitete Strategie mit unserem Freund Manfred scheint gegenwärtig durchaus erfolgreich zu sein. Seine zukünftigen Forschungen wird er zwar nicht mehr persönlich leiten können, aber wir werden die notwendigen Forschungen – nach der Operation „Roter Wolf" - mit seinem Forschungsteam beginnen," sagt Mike.

Es ist der 21.07.2127 und die Operation „Roter Wolf" beginnt in 45 Staaten gleichzeitig um 10:25 Uhr der Zeitzone in Toronto. Alle Zeitzonen wurden entsprechend berücksichtigt! Überall werden Sondertruppen der Geheimdienste – etwa 35 bis 40 Personen - mit technischer Unterstützung des Militärs bei der Festnahme eingesetzt. Die Operation „Roter Wolf" ist erfolgreich und alle 45 Autokraten sowie auch die 12 Führungskräfte der internationalen Mafia sind um 10:37 Uhr verhaftet worden.

Mike Smith und Harald Maiwald sitzen im Restaurant der FBI-Zentrale und genehmigen sich ein Glas Sekt, denn sie wollen auf den gemeinsamen Erfolg der Operation „Roter Wolf" anstoßen.

Haralds Handy klingelt – es ist eine unbekannte, aber

durch die besondere Zahlenfolge ist eine Nummer des Geheimdienstes zu erkennen.

„Hallo, hier spricht Maiwald."

„Es ist schön Deine Stimme zu hören. Hier spricht Dein alter Freund. Unsere gemeinsame Strategie ist gegenwärtig in Ordnung, aber irgendwann möchte ich wieder mit meinen Enkeln spielen. Ein neuer Name und ständiger Personenschutz in einem fremden Land kommt für Sonja – und für mich – nur zeitlich befristet in Betracht. Ich gratuliere Dir und auch Mike zu Eurem gemeinsamen Erfolg. Mit den geplanten Forschungen könnt Ihr bitte sofort beginnen. Ich freue mich auf ein baldiges Wiedersehen," meinen neuen Namen darf ich Euch am Telefon nicht mitteilen.

„Vielen Dank für Deinen Anruf. Mike und ich denken an Dich," antwortet Harald. Harald und Mike sind etwas erleichtert, denn die Zukunftsperspektiven können ab heute wieder mit einer steuernden „KI" und einer steuernden Digitalisierung in den demokratischen Ländern besser werden.

Individuelle Gedanken und Notizen:

Zum Autor
Eduard Hubl, geboren 1955, ist
Ethnologe (Master of Arts),
Diplom - Sportwissenschaftler,
Diplom - Ingenieur (Hochbau) und
unterrichtete als Lehrer bis 2022
an einem Gymnasium die
Fächer Sport und Kunst

„Kultur entsteht durch das Zusammenleben unterschiedlicher sozialer Gruppen in einer Gesellschaft, die durch Erfahrungen und Erkenntnisse in der Vergangenheit gegenwärtige Zielsetzungen formuliert und durch nachhaltige positive Prozesse eine Basis für die zukünftige Sozialisation ermöglicht"
(Hubl 2015).

„Die Kunst, die Musik und das kulturelle Leben mit Vielfalt können einen wichtigen Beitrag in der Weiterentwicklung des gesellschaftlichen Lebens in allen Gesellschaften (auch in fremden Kulturen) leisten" (Hubl 2021).

Text auf der letzten Innenseite des Buches

Dieses Buch ist die Fortsetzung von „Spionage im Schatten der Macht". Alle Namen und Orte sind auch in diesem Buch „Zukunftsperspekiven und Grenzbereiche im Schatten der Macht" frei gewählt. Ähnliche Situationen sind zufällig, denn die beschriebenen Darstellungen sind fiktiv, können aber auch mit ähnlichen Erlebnissen/ Prozessen in der realen Welt zufällig übereinstimmen. Wir schreiben das Jahr 2126 und die Weltbevölkerung beträgt ca.11,6 Milliarden Menschen. Seit 2035 gibt es die totale Digitalisierung in allen Ländern der Welt. Die „Künstliche Intelligenz (KI)" hat in allen Bereichen des gesellschaftlichen Lebens ab 2023 an Bedeutung zugenommen und wurde bis 2126 ständig weiterentwickelt. Viele Länder werden ab 2032 von Autokraten regiert, die durch nationale Zielsetzungen und Rechtsextremismus die Rechtsstaatlichkeit, das Völkerrecht, die Pressefreiheit, die Menschenrechte und die demokartischen Länder demontieren wollen. Der Forcher, Prof. Dr. Manfred Ostermann, der ab 2084 bis 2090 komplexe Forschungen durchführte, wird erneut durch ein terroristisches Netzwerk ab 2126 bedroht, auch auf seine Familie und Freundeskreis werden Anschläge verübt. Das terroristische Netzwek hat in der Wirtschaft sowie auch in der Politik Führungskräfte (Informanten) eingeschleust, die durch die Anwendung der „KI" und auch durch die Anwendung der unkontrollierten „Digitalisierung" die Zielsetzungen der Autokraten aktiv unterstützen. Durch massive Gewalt, Korruption und Bombenanschläge will das terroristische Netzwerk weitere internationale Macht erhalten.